Ilse Frapan

Vischer-Erinnerungen Äusserungen und Worte

Ein Beitrag zur Biographie Fr. Th. Vischers

Ilse Frapan

Vischer-Erinnerungen Äusserungen und Worte
Ein Beitrag zur Biographie Fr. Th. Vischers

ISBN/EAN: 9783743677289

Hergestellt in Europa, USA, Kanada, Australien, Japan

Cover: Foto ©Raphael Reischuk / pixelio.de

Weitere Bücher finden Sie auf **www.hansebooks.com**

Vischer-Erinnerungen

Äußerungen und Worte

— ... —

Ein Beitrag
zur Biographie Fr. Th. Vischers

von

Ilse Frapan

Stuttgart
G. J. Göschensche Verlagshandlung
1889

Druck der J. B. Metzlerschen Buchdruckerei in Stuttgart.

Vorwort.

Vor wenigen Wochen ist für Friedrich Theodor Vischer ein Denkmal von Meisterhand aufgerichtet worden; auch die nachfolgenden Blätter möchten ein Denkmal sein, ein Denkmal der Dankbarkeit, ein kleines, bescheidenes. Die Steine dazu sind alle von ihm, den wir in unserer Mitte hatten und nicht mehr haben; ist der Bau trotzdem gering, so liegt die Schuld an meinen Händen, die ungeschickt gebaut, die gezittert haben, weil die Größe dessen, den sie verherrlichen wollten und die Trauer um seinen Tod ihnen die gewohnte Festigkeit raubte.

Man wird mich in Folge dessen „sehr subjectiv“ finden, aber ich werde das für keinen Tadel ansehen. Denn wie könnte der Eindruck, den das Subject, ich, von dem großen Toten empfangen, anders als subjectiv beschaffen sein? Und zunächst dieser Eindruck ist es ja, den ich schildere; wenn das Bild zu glänzend, zu schattenlos erscheint — ich hab es so gesehen, ich kann mir nicht helfen! meine Augen ver=

mögen doch sonst wohl auch Flecken zu erkennen. Möglich, daß ich Vischer in seiner schönsten, abgeklärtesten, mildesten Zeit kennen gelernt; es waren ja die letzten Lebensjahre, das hohe Greisenalter, wo alle Härten abgeschliffen sind, wo der Mensch den Andern lebt, weil er nichts mehr für sich verlangt, wo sein voll ausgereifter, erfahrungsreicher Geist, „dem nichts Menschliches fremd ist", alle Höhen und Tiefen durchdringt. Aber wieviele Greise gelangen denn zu solcher Vollkommenheit? Ist nicht vielmehr das Alter sonst die Zeit, wo sich das Herz in Selbstsucht zusammenzieht, wo der Blick die Weitsichtigkeit verliert, der Geist nichts Neues mehr aufnehmen kann noch will, grämliche Menschenver= achtung an die Stelle der begeisterten Menschenliebe von einst tritt? Entwicklungsfähig, strebend bis zum letzten Atemzuge, — so war Vischer.

Und auch das muß erwähnt werden, denn es ist wichtig, daß mein Eindruck von ihm doch nicht ganz allein durch ihn selbst begründet wurde; nie habe ich einen Menschen gesehen, der bei den nächsten Freunden so un= bedingte Verehrung genoß; die uneingeschränkte Freude seiner Mitbürger, seiner Stadt, seines Landes an ihm, wie sie sich bei seinem Jubiläum zeigte, durfte meine persönliche Empfindung in vollbewußte Überzeugung um= wandeln.

Daß ich, mehr als ich gewollt, von mir selber habe sprechen müssen, wolle man nicht böswillig beurteilen: natür= lich war ich nur der nächste Gegenstand, um daran Vischers schöne menschliche Güte zu beweisen.

Und nun wandert hinaus, ihr leichten Blätter, reich befrachtet mit Dankbarkeit und wehmutvoller Erinnerung, und gewinnt neue Herzen dem, der ein Herz für Alle hatte, und richtet auf den Glauben derer, die da zweifeln, daß Sein und Erscheinen, Werke und Worte Eins sein könne.

München, August 1889.

Ilse Frapan.

Inhalt.

Erster Abschnitt.

—

Vorbemerkungen. Vischer als Redner und Lehrer.

———

Im Januar 1883 schickte ich von Hamburg aus an Friedrich Theodor Vischer, als an die oberste ästhetische Instanz, mit Zagen und Bangen einige Verse und bat ihn um sein Urteil. Darauf erhielt ich am 23. Februar den folgenden, über alle Erwartung gütigen und eingehenden Brief:

Verehrtes Fräulein!

Sehr spät bekommen Sie Antwort. Ich bin beständig überhäuft — mit eigenen Arbeiten und antworterwartenden literarischen Zusendungen. Darunter ist gewöhnlich auch Lyrisches, das mich in Verlegenheit setzt, weil gut gemeint, ans Herz gewachsen und doch schlecht musiziert.

Nachdem ich endlich etwas Muße gefunden, Ihre Proben aufmerksamer zu lesen, so finde ich mit Vergnügen, daß hier etwas Anderes ist, als das gewöhnliche Gezirpe; eigenes, aus erfahrener Wahrheit des Lebens gegorenes und gereiftes Empfinden, fähig, im Anschauungsbild sich niederzulegen. Die Form als Vers da und dort noch unflüssig, doch nicht überhaupt und nicht ohne Stimmungsrapport mit dem Inhalt.

Einige Reime z. B. wären anzugreifen (so: lag, brach,
ach), die Apocope „Well'" am Versschluß. Im „Kind
am Wasser" bliebe der letzte Vers vielleicht besser un=
gesagt, der Gedanke dem Leser überlassen; der Hund
legt das Kind hin, wedelt, schüttelt sich und geht.

Was sich weiter entwickelt, kann ich nicht wissen.
Folgen Sie ferner der Muse, wenn sie ruft, ohne sich
mit der Frage zu beunruhigen, was wohl noch werde,
das etwa geeignet wäre, Ihrem Talent auch öffent=
liche Anerkennung zu ertragen. Ich kann auch den
Grad der Ergiebigkeit, d. h. der geringeren oder
stärkeren Fülle nicht beurteilen, nicht wissen, ob mit
der lyrischen Ader sich Compositionstalent für größere
objective Formen zusammenfinde.

Lassen Sie sich mit diesen raschen Zeilen freund=
lich genügen; die Kürze ist notgedrungen.

Dankend für Ihr Vertrauen und hochachtungsvoll
ergeben

Stuttgart, 21. Februar 1883.

Fr. Vischer, Professor.

Es ist unnötig zu sagen, wie sehr mich dies Schreiben
beglückte. Wer je in gleicher Lage war, wird meine
Freude nachfühlen. Es war eine doppelte: ich durfte
hoffen, in Zukunft etwas zu leisten; — das war das
Eine; das Zweite war: dieser große und gefürchtete Mann,
den man bei uns obendrein als Weiberfeind verschrie,
schrieb so gütig und ermutigend an eine ganz fremde An=

fängerin, die ihm Zeit geraubt und ihn zum verhaßten
Briefschreiben genötigt hatte.

Daß ich gerade Vischer um Rat gefragt, hatte seinen
besondern Grund. Ich hatte schon vorher eine Art Verhältnis zu ihm, aber ganz hinter seinem Rücken; ich war
auf einem Umweg zu ihm gekommen, den vielleicht andere
gleich mir gemacht.

Das Erste, was ich von Vischer gelesen, war der
Aufsatz: „Mode und Cynismus", und ich war jung und
unreif und hatte ihn nicht verstanden. Mir schien, er
beschimpfe darin die Frauen, lege uns Absichten unter,
die wir nie gehabt, noch haben könnten, und hielt es für
esprit de corps, den Verfasser zu hassen, umsomehr, da
ich mich selbst sehr wenig um die Mode bekümmerte. Ja,
ich ließ mich sogar zu der Bitte an eine Schriftstellerin
hinreißen, sie möge doch im Namen der Frauenwelt einen
Protest schreiben. Die Dame hätte meine Unerfahrenheit
auf den rechten Weg führen sollen; leider bewies ihr Brief,
daß sie ebenso verrannt war wie ich; der Protest aber
ward zum Glück nicht geschrieben.

Da erschien der „Auch Einer".

Ich nahm ihn in die Hand mit bösem Vorurteil,
— ich legte ihn hin mit Thränen der Bewunderung, —
aber auch des Zornes, der Beschämung über mich selbst.
Mein kindischer Haß war in begeisterte Verehrung, mein
Mißverstehen in das herzlichste Vertrauen umgeschlagen;
nun verstand ich alles, auch jene Donnerrede gegen den
Geist der Frivolität, der sich in den Auswüchsen der Mode

offenbarte. Es versteht sich von selbst, daß ich nun alles
las, was ich von ihm bekommen konnte. Die herrlichen
„lyrischen Gänge", aber auch alles Kritische, aber auch die
Ästhetik, so viel davon im Buchhandel noch zu haben war.
Ich bat ihm ab in reuevollem Herzen. Er hat auch davon
nie etwas erfahren, aber noch oft nachher, da ich ihn sehen,
hören, mit ihm reden durfte, mit ihm, der es in jedem Falle
schmerzlich empfand, wenn er mißverstanden wurde, be=
klemmte mich das Gefühl meines Gedankenunrechts gegen ihn.

Nach jenem Briefe nun, wünschte ich nichts sehnlicher,
als Vischer persönlich kennen zu dürfen, und als ich gar
erfuhr, daß er noch regelmäßige Vorträge am Polytechni=
kum halte, zu denen auch weibliche Hörer Zutritt hätten, ging
ich im September 1883 mit meiner Freundin nach Stuttgart.

Mit jenem Einzug in die liebliche schwäbische Haupt=
stadt, die so schmuck und bunt in ihrem Rebenhügelkranz
dalag, begann der bedeutungsvollste Abschnitt meines geistigen
Lebens. Die größte Freude und der größte Kummer haben
mich dort betroffen. Die Freude, daß mich Vischer seines
Umgangs wert hielt, und der nie zu verwindende Schmerz,
daß wir ihn verlieren mußten!

Das Wintersemester im Polytechnikum fing an. In
der Vorahnung dessen, was Vischers Vorträge bedeuteten,
betraten wir das weite großartige Gebäude, lasen unten
in der Vorhalle die eigenhändige Anzeige unter Glas und
Rahmen, daß Professor Vischer in diesem Winter über
deutsche Litteratur des 19. Jahrhunderts vortragen werde.
Dann stiegen wir die breite Steintreppe hinauf, wo hinter

der großen künstlichen Uhr die Thüren zum Hörsaal sich
öffneten. Die Korridore waren gefüllt von Zuhörern, die
den Beginn der Vorlesung abwarteten. Junge Studenten
und gereifte Männer, ja manch ehrwürdiges graues Haupt,
ebenso Frauen von allen Altersklassen, darunter viele Eng=
länderinnen, Amerikanerinnen. So groß war der An=
brang, daß eine Barriere gezogen war, um einen Zu=
sammenstoß der Kommenden und Gehenden zu verhindern.
Wir fanden in dem weiten Saal nur noch Platz auf den
hinteren Bänken. Die den Frauen bestimmten Polster=
stühle dicht vor dem Katheder, hatten für die Hospitan=
tinnen nicht ausgereicht. Auf einmal verstummte das
Gesumme, die Thür öffnete sich, Vischer mußte eingetreten
sein, denn die Studenten erhoben sich wie ein Mann von
ihren Sitzen. Ich hatte bis dahin nur unvollkommene
Bilder von ihm gesehen und stellte mir eine Art von ver=
geistigtem Bismarck vor, indem ich in den begreiflichen
Irrtum verfiel, zu denken, die Wucht seines Charakters
verlange auch ein großes Gehäuse. Aber der Mann, der
da mit straffen, festen Schritten zum Katheder hinaufstieg,
war kaum von Mittelgröße, doch wohlproportioniert, eher
hager als fett, und an seinem Kopfe fiel meinen kurz=
sichtigen Augen aus solcher Entfernung nur der mächtige
Umfang der Stirn auf. Nichts in Haltung, Gesicht und
Stimme erinnerte daran, daß es ein Mann von 76 Jahren
war, der dort vor uns stand. Er schob die mit einem
grünen Schirm bedeckte Lampe zur Seite, machte eine kurze
Verbeugung und begann: „Meine Herren!“ Wir mußten

über diese ausschließende Anrede lächeln, denn vor ihm
saßen ja ganze Reihen von Damen, über die er sich so
gewissermaßen hinweg an die Schüler wandte; die Damen
aber verziehen ihm gern dies scheinbare Übersehen; sie
wußten ja gut genug, wie höflich und rücksichtsvoll er
sonst ihnen gegenüber war; er wollte wohl mit dieser An=
rede nur betonen, daß er nicht gekommen sei, die Damen
zu unterhalten, nach Art so mancher Vortragender, sondern
hier ein ernstes Lehramt ausübe. Vischer gab in jener
ersten Stunde eine weite und klare Übersicht über den
Stand der Litteratur im Beginn des 19. Jahrhunderts;
als ich mir nachher das Gesagte zurückrief, staunte ich
über die außerordentliche Fülle dessen, was er in so kurzer
Zeit gebracht. Mein Interesse wuchs von Vortrag zu
Vortrag. Leider hatten Zuhörer aus der Stadt keinen
Zutritt zu den Redeübungen, die er mit den Studenten
hielt, aber im Sommerhalbjahr trug dann Vischer vor
über Shakespeare, neben der deutschen Litteratur, und in
den folgenden Jahren ward uns das Glück, ihn fast durch=
weg viermal wöchentlich zu hören. Der ganze Shakespeare,
der Faust, Ästhetik der Poesie, endlich alt= und mittel=
hochdeutsche Litteratur kamen an die Reihe. Jeder Vor=
trag war eine Quelle nachhaltigen Genusses. Wie gern
ich nachgeschrieben hätte, — das was man schwarz auf
weiß nach Hause tragen konnte, war doch nur ein Teil
dieser wundervollen Reden; — die Gebärdensprache, die
Modulation, die Mimik zu verfolgen war unerläßlich,
wenn man nicht viel verlieren wollte. Ich habe es nie

über mich vermocht, ihn nicht anzusehen, wenn er sprach. Man war ganz unter seinem Bann, auch noch lange, nachdem er geendet. —

Es giebt Menschen, die die Fähigkeit haben, durch ihr bloßes Erscheinen, durch ihre einfache Anwesenheit den blauen Himmel grau zu machen und die grüne Erde fahl; die Sonne wird zu einer qualmenden Öllampe, wo sie auftauchen, jede Freude gemein oder überflüssig, alles Große klein, — es giebt keine Begeisterung mehr, weder Schönheit noch Götter.

Zum Ersatz für hunderttausend dieser Art, zur Ent= schädigung erscheint dann einmal auf der Welt solch ein Mensch wie Vischer. Im Leben wurzelnd und dennoch hoch darüber, nimmt er uns an die Hand und zieht uns mit, erhebt und verklärt das Gewohnte, schließt uns Thüren auf, wo wir nichts sahen als kahle tote Wand, zeigt uns Herrlichkeiten, die wir kaum geahnt, zündet Lichter an, wo es dunkel war.

Diesen Einfluß empfand ich sehr bald. Dann, als ich Vischer schon jahrelang gehört, versuchte ich, mir über die Art seines Vortrags, über die Gründe seiner Wirkung klar zu werden, indem ich Beobachtungen festhielt, die ich allmählich gemacht hatte und das Folgende niederschrieb, das ich in erweiterter und bereicherter Form hier noch einmal gebe, da es doch unter dem frischen Eindruck seiner Persönlichkeit entstanden ist.

„Von den Künsten der Alten, einst mit hoher Voll= kommenheit geübt, auf besonderen Schulen gelehrt, ist uns Modernen kaum eine so abhanden gekommen wie die Rede=

kunst. Es wird allerdings auch in unserer Zeit genug geredet; in Parlamenten und allerlei nichtpolitischen Versammlungen herrscht eine wahre Redewut, berühmte und unberühmte Leute reisen von Stadt zu Stadt und halten populärwissenschaftliche Vorträge. „Nun tritt ein hochberühmter Forscher auf und spricht zwei Stündlein über Karl den Kahlen", wie Heyse so schön sagt, kein Kanarienvogelklub tagt, ohne daß eine oder mehrere Reden gehalten werden. Aber die Kunst der Rede ist selten. Jeder will sprechen, wie ihm der Schnabel gewachsen ist, wäre er auch noch so krumm gewachsen. Wer etwas gedacht hat, ist darum noch nicht fähig, seine Gedanken in klaren, schönen Worten vorzutragen; wer ein Gedicht tief empfunden hat, ist darum noch nicht im stande, es durch die Recitation auch andere tief nachempfinden zu lassen. Daran jedoch denkt keiner. Wer einen Vortrag zu halten hat, beschäftigt sich nur mit dem Was, nicht mit dem Wie; wer ihm zuhört, ist begierig, des Inhalts sich zu versichern und ihn womöglich schwarz auf weiß nach Hause zu tragen. Wir Deutschen sind von Natur gewiß nicht rhetorisch begabt wie die Italiener, wir haben eine Scheu vor dem Pathos, auch dem berechtigten, wir thun uns etwas zu gute auf die „Kunstlosigkeit" unserer Rede, und so werden denn die ehrlichst gemeinten, die akademischen Vorträge fast ohne jeden „Vortrag vorgetragen", vielmehr in der dürftigsten, trockensten Manier heruntergelesen, etwa als ob das erste beste Lehrbuch sich vor uns aufpflanzte und seinen Inhalt selbst abschnurrte; nur daß die gedruckte Schrift im allgemeinen noch verständlicher ist, als das Organ dieser Lehrer zu sein pflegt, und daß man von dem geduldigen Buche zu Zeiten aufblicken und sich überlegen kann, ob man auch thatsächlich folgt oder ob man gedankenlos gut= heißt, was alles da vorgebracht wird.

Das andere Extrem, mit dem man häufig bei den sogenannten populären Vorträgen heimgesucht wird, ist gleich schrecklich. Hier tritt ein phrasenhafter, wuchernder Stil auf, der mit schönen Worten zu bedufeln und von dem Inhalt abzulenken strebt, nicht selten verbunden mit einem gespreizten, theatralischen Ton, mit einer künstlich erzeugten Begeisterung für den gewählten Gegenstand, heiße er nun Franz=Josephsland oder Childerich III, oder sei er etwas ähnlich Naheliegendes und Wichtiges für die menschliche Bildung oder Glückseligkeit. Der eine bringt mit feier= lichem Nachdruck altbackene Weisheit, abgegriffene Wahr= heiten vor; der andere verfehlt nicht, ein „bekanntlich“ oder „wie Sie wissen“ einzustreuen, sobald er überzeugt ist, etwas den Zuhörern ganz Fremdes vorzubringen, ja vielleicht etwas, das er soeben selbst erst erfahren hat. Einer spricht in langgedehntem salbungsreichem Kanzelton, der andere sprudelt die Worte hastig hervor, und beide verderben den Eindruck ihrer Rede. Der dritte endlich möchte frei sprechen, befindet sich aber in beständiger Wort= ebbe, greift krampfhaft nach dem ersten schlechtesten Aus= druck, der ihm einfällt, findet, daß er nicht deckt, stottert, stockt und versucht, seinen Satz durch die malende Gebärde zu vervollständigen; oder er blickt angstschwitzend und hilfe=

flehend das Publikum an, als solle da einer aufstehen und ihm einhelfen, wie es wohl einem ungeschickten Toast= sprecher geschieht. Ich habe Redner gesehen, die sich an ihrem Katheder rhythmisch auf= und niederschraubten wie der Mann mit dem langen Hals im Puppenkasten, die so unglaublich zappelig gestikulierten, daß es mit zwei Armen gar nicht nachzuahmen war. Daß bei allen diesen Un= glücklichen auf den Vortrag kaum geachtet werden konnte, weil die Aufmerksamkeit durch solche Nebensachen, die aber hier zu Hauptsachen wurden, abgezogen ward, ist wohl zu begreifen.

Und zu begreifen ist auch, daß man des seligen De= mosthenes gedachte, von dessen wunderbarer Beharrlichkeit alle Schullesebücher zu erzählen wissen, und sich innig wunderte, wie das nur gekommen sei, daß man als wohl= gezogener Bürger des 19. Jahrhunderts sich gefallen lasse, was die athenischen Bürger des vierten Jahrhunderts vor Christo sich nicht gefallen ließen. Gewiß ist, daß keiner von allen diesen sich selbst oder vertraute Freunde je ge= fragt: „Wie mag ich wohl aussehen, während ich rede? Ist mein Ton der richtige? Ist meine Aussprache gut? Rede ich verständlich, auch für das Ohr? Und wenn nicht, wie kann ich das verbessern?" Alle diese Fragen überläßt man dem Schauspieler, entweder aus Hochmut oder aus Naivetät; ist nur der Vortragende Meister seines Stoffs, so verlangt er weiter nichts von sich und will für voll= kommen gelten.

Wenn man nun nach so vielen unleidlichen Erfah=

rungen einen Redner sprechen hört, der mit der größten
natürlichen Begabung das feinste Studium verbindet und
seine Kunst bis zu dem Punkte innehat, wo sie wieder
zur Natur wird, da hat man das Gefühl einer plötzlichen
Offenbarung. Ein solcher Redner ist Vischer, der Dichter,
Ästhetiker und Philosoph, der sein Lehramt in Tübingen,
sodann in Zürich und endlich wieder in Tübingen mit dem
am Stuttgarter Polytechnikum vertauscht hat und dort
jahraus jahrein seine stark besuchten, auch Hospitanten aus
der Stadt zugänglichen Kollegien über deutsche Litterar=
geschichte, Ästhetik, über den „Faust" und Shakespearesche
Dramen hält.

Nicht auf den Inhalt dieser Kollegien kann hier ein=
gegangen werden; er hängt ja zusammen mit der ganzen
kritischen und schriftstellerischen Thätigkeit Vischers, und wer
die kennt, wird wissen, daß hier etwas geboten wird, was
einen Schatz fürs Leben bedeutet. Nur so viel soll davon
die Rede sein, wie etwa in einer Stunde zu übersehen ist,
in Einem Vortrage, der auch herausgerissen aus dem Zu=
sammenhange, doch mit Recht mit Gottfried Kellers Worten
„ein vollausgetragenes Kunstwerk" genannt werden muß.

Beginnen wir mit den äußerlichen Dingen. Das
akademische Viertel dauert unserem Redner zu lange; schon
10—12 Minuten nach voll steht er auf dem Katheder,
straff und aufrecht wie ein kommandierender Feldherr, und
beginnt sogleich seinen Vortrag.

Sein heller Ton mit der hohen Stimmlage dringt
bis in die äußersten Ecken des großen Raumes und ist

auf der letzten Bank genau so verständlich wie auf der
ersten. Jedes Wort kommt rund und voll und scharf
accentuiert heraus, und dadurch zu voller Geltung, daß es
durch eine fast unmerkliche Pause von dem folgenden ge=
trennt ist, wie gute, leserliche Schrift die Wörter aus=
einanderhält. Da wird nichts verschluckt, nichts unter=
schlagen, nichts gezogen und nichts überhastet, und wie
prächtig das Zungen = R entlangrollt! Hat ein Zuhörer
durch Husten oder Niesen ein Wort unverständlich gemacht,
so wiederholt Vischer dieses Wort; denn er will verstanden
werden. Wie Perlen von der Schnur oder wie einzelne
große, klare Tropfen fallen die kraftvollen und doch so
schlichten Worte von seinen Lippen, um sich in das Ge=
dächtnis der Hörer unvertilgbar einzugraben.

Die wohlgeschulte Stimme gehorcht jeder Schattierung
des Inhalts. Wie machtvoll donnernd wird sie in der
Erregung, wie scharf und zischend klingt sie im Spott,
wie weich und sanft in den Worten einer Desdemona,
Ophelia, wie leidenschaftlich und innig, wenn es gilt, ein
Goethesches oder Mörikesches Lied vorzulesen. Da bedurfte
es nicht seiner Vorbemerkung (es war bei Worten der
Cleopatra): „Ja, das muß nun so schmelzend gesagt wer=
den, daß es ganze Eisgletscher schmelzen kann, so kann
ich natürlich nicht sprechen"; er konnte auch das. Und
wie Othellos Ausruf dies: „Schade, Jago, schade!" bei
ihm klang, wie er das Herz zerriß, daß man sich hundert
Meilen fortwünschte, das ist mir ewig unvergeßlich. So
etwas kann kein Schauspieler. Hört man ihn dann im

Humor, im feinen wie im breiten, so meint man wieder,
das sei sein eigenstes Element; wie las er den bösen
Buben Kain in Hans Sachsens „Ungleiche Kinder Evae",
besonders wie der das Vaterunser sagen soll und es dann
ohne Zusammenhang herrappelt; — und dazu das köst=
liche Mienenspiel des durchgeistigten Gesichts.

Und nun, ein ungeheurer Vorteil für ihn selbst und
die Hörer — kein Manuskript, Vischer spricht frei! Un=
gehindert und ungezwungen steht er vor den Zuhörern,
er ist nicht abhängig von einem Heft, das plötzlich zer=
flattert oder zusammenklebt, wenn er in einem besonders
packenden Satze hält; er beherrscht seinen Stoff, statt dessen
Sklave zu sein, er beherrscht sein Publikum, weil er im
stande ist, unendlich viel mehr von seiner eigenen Person,
ja sein ganzes Ich in sein Wort zu legen, weil seine
Augen frei umherblicken können. Es ist sicher — ein
glattes Reden kann den Fehler haben, daß es wie ein=
gelernt klingt, dann wäre selbst belebtes Lesen vorzuziehen;
aber bei Vischer erscheint alles, was er sagt, nicht wie
vorbereitete, lang überlegte Weisheit, sondern wie etwas
Unmittelbares, in diesem Augenblick erst Werdendes. Die
prachtvollen Gleichnisse, die unerschöpfliche Fülle von Be=
legen, ja selbst die feststehenden Paragraphen, alles scheint
ihm gerade in dem Moment, wo er's sagen will, einzu=
fallen, und das bringt eine Frische, eine Ursprünglichkeit
in seine Rede, die neben der unverhohlenen Hingebung
an seinen Stoff wohl seine bewundernswerteste Eigen=
schaft ist.

Er nimmt es ganz ehrlich mit seiner Aufgabe: er will lehren, nicht bloß imponieren, nicht glauben machen, daß er alle Jahreszahlen, alle Büchertitel auswendig wisse, die liest er ganz einfach menschlich von einem Zettelchen ab; er sagt ruhig: „Ich habe in der vorigen Stunde dies oder das vergessen und hole es heute nach"; — aber das hindert nicht, daß seine ganze gewaltige Persönlichkeit in seinen Worten ist und auf die Hörer so wirkt, daß sie seiner Rede ein Gewicht verleiht, gegen welches man sich schwerlich auflehnen könnte, selbst wenn man einmal wollte. Er giebt lebendigen Geist von seinem Geist, es wird einem weit und klar vor den Augen, wenn man ihn hört, man fühlt sich ganz im Zusammenhange mit dem Redner, in manchen Vorträgen schwebt es wie eine unaussprechliche Weihe über den Zuhörern. Er definiert das Undefinier= bare, und, was das Seltsamste ist, es verliert nichts von seinem traumhaften Zauber dabei, es vertieft sich vielmehr.

Man wird schwerlich sagen: „Ich habe einen Vor= trag über die Lyrik gehört", sondern immer: „Ich habe Vischer gehört" und dann freilich gleichzeitig Dinge über die Lyrik, wie sie kein Anderer sagen kann.

Wie echt Vischerisch klang es, wenn er bei der Unter= suchung der Frage „wer ist ein Dichter?" anfing: „Es hat einmal eine alte Perrücke gegeben, die poetische Werke nur immer auf ihren moralischen Nutzen hin betrachtet und geschätzt hat. Diese alte Perrücke ist längst lächer= lich geworden, und wenn man nur den Namen nennt, Gottsched . . . . . (allgemeines Gekicher). Ja, meine

Herren, und sollte man es glauben, daß dieser so viel=
belachte alte Herr noch heute höchst lebendig ist? daß er
seinen Puder über unzählige Köpfe ausgeschüttet hat, die
alle noch heutzutage ein Kunstwerk darauf hin ansehen:
was kann man daraus lernen? (Es war merkwürdig,
wie schnell das Lachen verstummte, als er das sagte.)
Ich aber sage Ihnen: Wenn man sich belehren will, so
nehme man ein Lehrbuch in die Hand, und wenn man
sich bessern will, so soll man in eine Predigt gehen, oder
wenn man das nicht mag, zu einem Menschen, auf dessen
Charakter man großes Vertrauen setzt, und soll sich von
dem raten lassen. Aber wenn man vor einem Kunstwerk
steht, so soll man nur rein schauen. Und wenn Sie mich
nun fragen, „was ist denn reine Anschauung?“, so sage
ich Ihnen: „Reine Anschauung ist reine Anschauung, und
damit Punktum.“

Er hat nachher dann doch diesen Begriff weiter
definiert, aber das „Punktum“ hatte ja auch seine volle
Richtigkeit, denn wer die Gabe der „reinen Anschauung“
nicht besitzt, dem wird keine Definition etwas helfen.

Wie wuchs einem das Verständnis, wenn er in der
Ästhetik die Künste mit einander verglich, einander gegen=
überstellte. „Gefühl ist stumm, verliert schon, wenn es
ins Bewußtsein tritt; seine Äußerung ist nicht das Wort,
sondern der Ton. Daher der abgebrochene, karge, zögernde
Charakter der lyrischen Dichtung, die der Tonkunst am
nächsten steht. Beredte lyrische Dichtung ist gar keine;
wäre Gefühl beredsam, so wäre es nicht mehr Gefühl.

Denken Sie an die Goetheschen Lieder. Gretchens Lied am Spinnrad, das ist die Sehnsucht selber. Der Mittelpunkt des Gretchens ist aus ihr heraus in den andern verlegt; sie ist außer sich, von sich; daher dies immer von vorn anfangen: „Meine Ruh ist hin, mein Herz ist schwer". — Gefühl umfaßt das Höchste und das Gemeinste, daher ist die Wirkung der Musik, der Gefühlskunst auch physiologisch, auf alle Nerven. Es klingt mystisch, aber ich glaube, der Komponist giebt in der Musik ein Abbild der Nervenschwingungen, die ihn bei einem bestimmten Gefühl durchbeben; ganz so, wie unsere Musikinstrumente eigentlich Projektionen unserer Gehörwerkzeuge sind; in derselben Art, wie alle mechanischen Werkzeuge in unseren Gliedern ihre Vorbilder finden; so der Hammer in der Faust u. s. w. — Nachahmung von Naturtönen ist die Musik gewiß nicht, und wenn sie dieselben nachzuahmen versucht, oder wenn sie Gegenstände darzustellen sich bemüht, so ist sie auf einem Holzweg."

Als er über das Volkslied sprach, kamen auch so besondere Dinge. Nicht nur rühmte er seinen Duft, seinen Erdgeruch, sondern auch seine epische Trockenheit. Als Beispiel führte er den Schluß an vom „Prinz Eugen"

> „Herzog Ludwig mußt' aufgeben
> In der Schlacht sein junges Leben,
> Ward getroffen von dem Blei;
> Prinz Eugen war sehr betrübet,
> Weil er ihn so sehr geliebet,
> Ließ ihn bringen nach Peterwardein."

„Ein moderner Kunstdichter könnte diesen Schluß für zu nüchtern halten und vielleicht meinen, es müsse heißen:

„Sprach, auf ewig bin ich dein"

oder so etwas. Aber gerade diese Trockenheit ist das Schöne, und wenn man das Lied singt, und das Schluß= wort so verklingen hört, weiß man's gleich: „das ist das Rechte". Dabei gelegentlich erinnerte er an Bürger, wie der die alten Volkslieder jämmerlich mißverstanden habe, besonders den herrlichen Stoff der „Lenore", der doch nichts bedeute, als treue Liebe über das Grab hinaus; wie der moralisierend über die Verzweiflung des armen Mädchens losgezogen, als ob Schmerz um einen toten Geliebten eine Sünde sei, die bestraft werden müsse! „Nein, das erste wahrhaft volkstümliche Lied nach der langen Dürre ist „der König von Thule", nicht Bürgers „Lenore".

Als er an die „Komödie" kam, sprach er mit beson= derer Vorliebe von Aristophanes: „Wenn wir doch noch einen hätten! wenn wir doch wieder einen Aristophanes hätten! Was für prächtige Stoffe fände der in den poli= tischen Vorgängen unserer Zeit! Es ist ewig schade, daß dieses Gebiet der phantastischen Komödie ganz brach liegt. Aber unsere Zeit hat keinen Sinn für so etwas; man will nichts, als den versessenen alten Leim, den ewigen alten Leim, ob der Hans die Grete kriegt, und Gott, wie ist das gleichgültig!" —

Sein Stil, nun den kennt man ja zur Genüge aus seinen Werken, dies kurze, markige, wunderbar reiche und beredte Deutsch, das nie verlegen ist um das deckende

Wort, und so plastisch, so farbig, so gar nicht abstrakt ist,
selbst wo es sich um rein begriffliche Dinge handelt.
Vischer ist sparsam im Schmuck des Stils, aber dieser
sparsame Schmuck wirkt wie lauter große leuchtende Edel-
steine. Von Keinem läßt sich weniger sagen „er redet
wie ein Buch“, und doch dürfte jedes Wort gedruckt werden. Es hat, glaube ich, eine Einwirkung des gesprochenen
Stils auf den geschriebenen bei ihm stattgefunden, sehr
zum Gewinn des letzteren. In seinem Vortrag giebt es
nichts von künstlichen Perioden, von gewundener Rede,
von falschem Zierat; er spricht nicht einen Satz, den man
zweimal lesen müßte, um ihn zu verstehen. Und doch
— wie himmelweit ist er entfernt von höflicher Populari-
sierung. Als die Faustvorträge begannen und der Saal
so gefüllt war, daß ein Teil der Zuhörer sich mit Steh-
plätzen begnügen mußte, überflog Vischer mit scharfem
Blick die übergroße Versammlung und begann in leise ab-
lehnendem Ton: „Der Faust ist dunkel; da denken Sie
nun, ich soll Ihnen alles aufhellen; ich kann Ihnen das
nicht versprechen. Ich kann nicht vom Faust zu allen
Köpfen die Brücke des Verständnisses schlagen.

„Und sehe, daß wir nichts wissen können,
Das will mir schier das Herz verbrennen.“

Wer dieses Gefühl nicht kennt, wem es das Herz nie ver-
brannt hat, dem kann ich den Faust nicht erklären.“

Auch aus den Shakespeare-Vorträgen ist mir solch
eine Stelle erinnerlich. Es war in „Antonius und Cleo-

patra", in der Scene, wo Antonius und Octavius über
den Lepidus reden und jener sagt:

„Man muß ihn erst abrichten, lenken, mahnen;
Ein Mensch von dürftigem Geiste, der sich nährt
Von Gegenständen, Künsten, Nachahmungen,
Die alt schon und von Andern abgenutzt
Erst seine Mode werden; sprecht nicht anders
Von ihm als einem Gegenstand."

Vischer las diese Worte mit besonderem Nachdruck,
blickte dann umher und sagte: „Ja diese Worte sollte man
wahrhaftig ausschreiben und überall abdrucken! Denn
wenn man's recht bedenkt, so besteht ja doch die Mehrheit
aus Menschen dieser Art, aus Menschen ohne eigene Ge=
danken, aus bloßen Sachen". „Und", fuhr er mit der
größten Gemütlichkeit fort, „es wäre gut, wenn man das
immer bedächte, es würde einen große Nachsicht lehren.
Man denkt immer, die Sprache sei das Zeichen der Mensch=
lichkeit, und weil sie sprechen, seien sie auch Menschen,
aber es ist doch gewiß: hätten diese die Sprache nicht
fertig vorgefunden, nicht ein einziges Partikelchen hätten sie
erfunden. Darum sind dies sehr gute und vortrefflich weise
Worte und „verlange nicht zu viel von den Menschen",
das ist es, was man sich immer wieder sagen muß."
Eine heitere Seelenruhe, ein wahrhaft olympisches Lächeln
lag dabei auf seinem Gesicht, während über dem dicht
besetzten Hörsaal eine sichtbare Beklemmung lagerte. Jeder
schien in diesem Augenblick sich selbst und den Nachbar
darauf anzusehen: „O weh, bin ich auch solch ein Lepidus?

hat er mich gemeint?'· Das waren Momente, wo man
sich tief vor ihm beugte und ihn doch nur um so mehr
verehrte. Denn es war nichts von geistigem Hochmut in
ihm; wie gern und oft zitierte er den Goetheschen Vers:

„Wenn einen Menschen die Natur erhoben,
Ist es kein Wunder, wenn ihm viel gelingt,
Man muß in ihm die Kraft des Schöpfers loben,
Der schwachen Thon zu solchen Ehren bringt."

Und wie hob er bei jeder Gelegenheit im Gegensatz zu
den genialen, zu den glänzenden, reichbegabten Phantasie=
menschen die redlichen, trockenen, zuverlässigen Charaktere
hervor, für die auch Shakespeare eine entschiedene Vorliebe
gehabt habe, wie er nachzuweisen liebte: die Horatio, Kent
und in schärfster antikgroßartiger Ausprägung: Brutus.
Gern kam er darauf zurück, wie in der Scene zwischen
Brutus und Cassius der letztere, der eigentlich viel härte=
ren Charakters ist als Brutus, hier so windelweich wird,
nachdem er gesehen, daß ihn das Poltern gar nichts
nützt; und wie sonderbar Brutus dem Cassius impo=
niert durch nichts weiter als durch seine Redlichkeit. Die
psychologische Darlegung dieser Gestalten waren immer
Glanzpunkte der Vorlesungen. „Wie Brutus mit seinem
Gewissen kämpft um das Verbrechen, das er doch nur
aus Idealismus begehen will." Auch die Scene zwischen
Brutus und Porzia, die ihn um sein Geheimnis befragt,
gab ihm Anlaß zu prächtigen Bemerkungen über dieses
echt antike Gespräch; zur Vergleichung las er dann die
Unterredung zwischen Henry Percy und seinem Weibe, die

das Gleiche behandelt, nur mit anderem Ausgang: „derb, germanisch, aber humoristisch und doch auch nicht ohne Weichheit". Brutus Rede auf dem Forum las er unsicher und sagte darum: „Die ist auch nicht so schlicht, wie sie zuerst aussieht, sie ist gewunden, denn Brutus hat ein schlechtes Gewissen dabei." Vom Cäsar bemerkte er: „Der Cäsar hat schöne humane Züge gehabt, die manchem größeren Manne seines Schlags gefehlt haben, so auch Napoleon I. Das hat auch Schiller gesagt; er hat einmal gesagt, aus dem Munde Napoleons I. sei doch nie ein wahrhaft edles großes Wort hervorgegangen." Aber auch Charakteren wie dem Antonius ging er mit großer Feinheit nach. „Der Antonius spielt so in einem Zwielicht; er fühlt den tiefsten Seelenschmerz und kann diesen Schmerz doch als rednerisches Mittel gebrauchen; er weint wahre Thränen und verwendet diese Thränen mit vollem Be= wußtsein zur Verstärkung seiner Worte". Als wir an An= tonius und Cleopatra kamen, war es ergötzlich, wie er bemerkte: „Antonius Liebeswahnsinn würde zur Gehirn= erweichung geführt haben, wenn er nicht vorher umgekommen wäre", und wie er seinen Zorn ausließ an Cleopatra, die er gleichwohl aber nicht verächtlich machte, da es doch „Weltbeherrscher gewesen, die diese Weltkokette bezaubert habe". (Vischer folgte hier der Übersetzung von Paul Heyse, über dessen Kraft und Geschmack er schöne Worte sagte; seine Kraft habe ihn vor einer Verwässerung Shakespeares, sein Geschmack ihn davor geschützt, die Treue auf Kosten der Form zu erzwingen.) Den „Timon" sprach er nur durch, las ihn nicht vor; er hielt ihn zwar durchaus für echt, hob aber hervor, dies sei nur eine Seite des Shakespeare, nur eine gallige Laune, die er hier aber freilich mit wunderbarer Kraft losgelassen habe. Auch von den Komödien Shakespeares gab er nur einen Überblick, las und analysierte sie nicht ganz wie die Dramen; denn das Komische, sagte er, müsse doch auch entsprechend vorgetragen werden, und das sei doch auf dem Lehrstuhl nicht möglich.

Ein Reichtum von treffenden Ausdrücken, packenden Bildern, Vergleichen, charakteristischen Gegenüberstellungen belebte die Rede. „Dem Dinge müssen wir erst einen Stiel drehen", sagte er von einer schwer zu behandelnden Sache; ein Fehler im Vers, im Rhythmus ist ihm „ein Knopf", über den man nicht glatt wegkommen kann; Martin Greif sei ein sehr begabter Lyriker, aber er habe noch kein einziges Gedicht von ihm gefunden, in welchem nicht wenigstens einmal, oft aber zwei-, dreimal der Vorlesende „Beiner und Gräten" in den Hals kriege; er spricht vom „Theegeruch" der romantischen Schule und leitet Tiecks Unfähigkeit, tiefere Wirkung hervorzubringen, von seinem „Mangel an Kaliber" her; ein unzuverlässiger Mensch ist ihm „nicht ganz richtig unterm Brusttuch;" eine schöne stattliche Frau nennt er „einen wohlgegangenen Teig"; Falstaff vergleicht er mit dem klugen Elefanten, „der plumpe Körper bekommt etwas flüssiges durch den Witz"; Heinrich VIII. nennt er „den historischen Blaubart"; Nürnberg „ein unverschüttetes Pompeji des Mittelalters": Philipp von Zesen, der einen egyptischen Roman geschrie-

ben, „Aſſanat", die Geſchichte Joſephs, der ſich in die
Tochter des Oberprieſters in Heliopolis verliebt, iſt „ein
Ebers des 17. Jahrhunderts"; der Reinecke Fuchs „duftet
ganz nach dem deutſchen Walde"; das Drama, das er von
allen poetiſchen Gattungen am höchſten ſtellt, nennt er „die
Poeſie der Poeſie, die innerlichſte Durchkochung des Gegen=
ſtandes mit der Phantaſie"; die Verſe vergleicht er mit
einem „Netz aus gleichen Maſchen, das ſich über die Dinge
legt und alles abdämpft, indem es Schauriges und Schönes
wie hinter einem leichten Schleier zeigt". Er ſagt: „der
Dichter läßt den überlieferten Stoff aufſchwellen wie einen
Schwamm, den man ins Waſſer wirft"; ein andermal:
„der Dichter muß den Boden verraten, dem er entſtammt,
wie der Wein: er muß Bodengefährt haben". Shake=
ſpeare vergleicht er „mit einem deutſchen Renaiſſancebau;
da ſind noch gotiſche Spitzbögen, noch altertümliche Profile
der Gallerien, noch Erker, aber die Horizontalanſicht iſt die
eines antiken Hauſes". Und ſpäter: „Mit einem Fuß ſteckt
Shakeſpeare noch im Mittelalter, das keine Geſchichte, nur
Chroniken hat, — im Geiſterglauben, im Aberglauben;
mit dem andern Fuß ſteht er ſchon feſt in der neuen Zeit,
der Zeit der hiſtoriſchen Forſchung, der Kritik und der
Objektivität und iſt ganz klar, ganz Proteſtant, ſo daß er
jene geiſterhaften Vorſtellungen völlig beherrſcht und ſie
verwendet als Dichter".

Viſcher gebrauchte beſonders viele Zeitwörter, auch hin
und wieder ein aus dem Dialekt herübergenommenes Verb,
aber dieſes nie ohne die Anmeldung „wie wir in Schwaben

sagen". Den Dialekt schätzte er hoch, „er verhält sich zur Schriftsprache wie der grüne lebendige Baum zum trockenen regelrecht zersägten und zerschnittenen Holz," sagte er, aber „wer unfrei daran hängt, dem soll man den Gebrauch desselben auf zwei Jahre bei Strafe verbieten und erst nachher wieder erlauben;" das hat er auch auf dem Katheder gesagt und noch ausführlicher als im „Auch Einer". Goethe habe manche süddeutschen Ausdrücke in das Schriftdeutsch eingeführt, unter anderem auch: „hüben und drüben"; „ich schlage nun vor, auch das schwäbische: „hummen und drummen" zu schreiben, das heißt „um diese Ecke" und „um jene Ecke".

Gern wies er die feine Empfindung des Dialekts für Ortsbezeichnungen nach, für Verben mit einschränkender Bedeutung; die Neigung des Schwäbischen zur starken Konjugation und die Reste der Flexion an den weiblichen Substantiven, die sonst fast durchweg verloren gegangen. Auch den noch teilweise recht klaren Zusammenhang der Dialektwörter mit dem Mittelhochdeutschen. Oder er zeigte, wie sich eine irrtümliche Schreibung allmählich festgesetzt, so Mond mit dem ganz willkürlich angehängten „d", aus dem mittelhochdeutschen Mane, schlüpfen aus schliefen, das sich stark flektierte: schloff, geschloffen.

Gelegentlich ein Witz, von der scharfen wie von der harmlosen Sorte, ein lustiges Geschichtchen, und besonders die Art, wie es erzählt wird, belehrten Jeden, der Vischer noch nicht kannte, daß bei ihm nichts von Pedanterie zu befürchten sei. Wie ergötzlich demonstrierte er eines Tags über das ewige oi — oa im Französischen, wobei er dann mit großer Geschwindigkeit solch eine Menge Wörter mit diesem häßlichen Laut hersagte, daß es wie reines Froschgequak klang, was er eben hatte erreichen wollen. Oder wenn er ein Gedicht aus der Pegnitzschäferei vorlas, eines jener verrückten Lieder von Harsdörfer, die eine lächerliche Sucht nach Gleichklang zeigen: „Und die Nymphen In den Sümpfen" und er nun in derselben Art noch eine Weile fortfuhr zu sprechen, wie von einem unwiderstehlichen Drange getrieben, alles auf impfen oder ümpfen, immer toller, immer ausgelassener, bis unter den Zuhörern ein wahrer Gelächterdonner losbrach. Irrtümer in der Betonung illustrierte er durch Erlebnisse im Theater, wo er fast immer „Jammerkrämpfe" ausstehe, da auch die besten Schauspieler in dieser Hinsicht nicht sicher seien. (Es war in der Ästhetik der Dichtkunst, Lehre vom Sinnaccent.) „Ich habe Barnay in München sagen hören: ‚daran erkenn' ich meine Pappenheimer!' Natürlich, die Schweden haben ja auch Pappenheimer, aber dieses sind nun seine. Ein anderer bedeutenderer Schauspieler hat gesagt: ‚Mein Vetter ritt den Schecken an dem Tag Und Roß und Reiter sah ich niemals wieder,' — das ist doch nett, lieber Herr, daß Sie uns sagen, daß der Vetter auf dem Schecken geritten ist, ich hätte sonst gedacht, er habe nur so am Schwanz gehängt."

Der Alexandriner war ihm ein verhaßter Vers wegen seines sich in Thesen und Antithesen bewegenden Ganges, der Vers der Advokaten, nicht der Dichter. Nachdem er

die gleichlautende Stelle aus Schillers Brief an Goethe
(15. Oft. 1799) gelesen, fügte er hinzu: Im vorigen
Jahrhundert sei übrigens doch ein sehr nettes Buch in
Alexandrinern erschienen, nämlich der „Höfliche Schüler".
Er führe nur die eine herrliche Stelle an:

„Wenn du dich schnäuzen thust, so sollst du nicht
                                                    posaunen,
Daß andre Menschen nicht erschrecken und erstaunen."

Auch charakteristische Geschichtchen von den Dichtern
teilte er gern mit. So von Wieland: „Er war ja zwar
noch eine alte Betschwester damals, als er in Zürich bei
Bodmer war, aber schon damals hat ein Bekannter von
dem über Wieland gesagt: ‚Ich traue ihm nicht ganz!
seine Ausdrücke über die Küsse sind zu saftig!' Und
dann Wielands eigener Witz, als der den Zirkel der Julie
Bondely und ihrer Freundinnen in Bern, wo er Hahn
im Korbe war, in aller Unschuld und ohne alle Frivolität
‚seinen frommen Harem' nannte." In solchen Augenblicken
war sein ernstes Gesicht von einer hinreißenden Schelmerei.

Auch das stete Bezugnehmen auf die neueste Zeit,
auf wichtige politische und religiöse Fragen verlieh diesen
Vorträgen einen immer frischen Reiz. Vischer war eben
das gerade Gegenteil eines Stubengelehrten, er war ein
Mann des öffentlichen Lebens. War etwas Besonderes
geschehen, so durfte man erwarten, daß er es im nächsten
Kolleg bringen würde, und man fragte sich mit Spannung,
„was er wohl dazu sagt?" Von der Höhe seiner achtzig
Jahre herab, wie von der Höhe seines erfahrungsreichen

Geistes übersah er doch die Ereignisse des Tags wie aus einer Art Vogelperspektive, und wie er immer analoge Strömungen und Stauungen in der antiken Welt, im Mittelalter wie in der neueren Geschichte der Menschheit auffand und verglich, hatte man das Gefühl: vor ihm sind alle Zeiten gleich, er hat noch Hoffnung, wo es für unsere Augen hoffnungslos aussieht. „Nach einer großen Erhebung folgt gewöhnlich eine Herrschaft des Pietismus. Nun, dann geht sie ja auch vorüber!“ — Wie Coriolan mit den Volskern zurückkommt und die Tribunen es anfangs nicht glauben wollen, sagte er: „Auch eine Sache, die sich ewig wiederholt. Wir glauben es nicht! Was uns unbequem ist, das glauben wir nicht! Sie können es ja jeden Tag in der Zeitung lesen. Krieg mit Frankreich? mit Rußland? wir glauben nicht dran; eine ganz alte Geschichte.“ (Das war zur Zeit, als im Reichstag das Septennat beraten wurde.) Der Coriolan, nicht nur das ganze Drama, sondern auch der Held selbst, war ihm sehr ans Herz gewachsen, weil ihm seine Kühnheit noch in der Schuld so sehr gefiel. Vischer fühlte mit ihm in seiner Verachtung des Pöbels, und wie hätte ein solcher Geist anders fühlen sollen! Er nahm auch in dieser Hinsicht Shakespeare immer in Schutz gegen die, welche ihn als Aristokraten ausschreien: „Wie werden den die rohen Besucher des Parterres geärgert haben!“ Und als er im „Julius Cäsar“ an die letzte Scene im dritten Akt kam, wo die Volksmenge den Poeten Cinna seines Namens wegen zerreißt, sagte er kopfnickend: „Ja, so sieht eine aufgeregte Volksmenge aus; so zerreißt sie ohne Besinnen, ohne Bedenken, wie man ein Blatt Papier zerreißt, einen Menschen, von dem sie vermutet, daß er ihr Feind sein könne. Es sind nicht Menschen mehr, es ist wie Wasser oder Feuer, ich habe das gesehen!" (in Frankfurt 1848, bei der Ermordung der Grafen Auerswald und Lichnowsky). — Daß er aber dennoch von jedem neuen Ereignis gepackt wurde wie der Jüngste, den lebhaftesten Anteil nahm, sich feurig für und wider verstritt, nahm seiner Erfahrungsweisheit jeden Schulgeschmack. Es ist bekannt, daß Vischer vom Großdeutschtum zurückgekommen ist. Er hat darüber offenen Bericht abgelegt in „Offener Brief an Dr. Ludwig Speidel, Redakteur der ‚Deutschen Zeitung‘", und pflegte auch sonst zu sagen: „Wer sich entwickelt, macht Phasen durch, der Stockopf bleibt sich gleich;" aber mit nimmermüdem Eifer pries er das Vaterland, Hingabe an das Vaterland, Treue gegen das Vaterland, die wir Deutsche leichter verletzen als andere Völker, obwohl aus keinem unedlen Grunde.

„Wie wahr", rief er aus, „sind sie noch heut, die Klopstockschen Verse:

‚Nie war gegen das Ausland
Ein anderes Land gerecht wie du!
Sei nicht allzu gerecht. Sie denken nicht edel genug
Zu sehen, wie schön dein Fehler ist!‘"

Immer war er bemüht, Altes und Neues in Geschichte und Kunst in einen flüssigen Zusammenhang zu setzen, wobei dann auf das Neue interessante, aufhellende Lichter

fielen. Im Anschluß an die mittelalterlichen Mysterien
(oder eigentlich Ministerien, kirchliche Handlungen, wie auch
die Messe ursprünglich eine ganze Aufführung gewesen sei)
sprach er sogleich auch über die Oberammergauer Spiele
und sagte: „Dort müssen gebildete Priester in sehr früher
Zeit einen künstlerischen Einfluß geübt haben, denn beson=
ders herrlich ist die Gruppirung und manchmal die voll=
kommene Wiedergabe alter byzantinischer Gemälde".

Natürlich waren seine Vorträge ein Cyklus, in fünf
bis sechs Jahren wiederholten sie sich. Wie viele aber
haben ihn Jahr für Jahr wieder gehört, alles zwei=, drei=
mal und stets wieder den frischesten Reiz dabei gefunden.
Denn er begnügte sich ja nicht mit dem Material, wie er es
einst gesammelt hatte und in den Grundzügen niederge=
schrieben besaß; er bearbeitete jede Vorlesung wie eine
neue und zog alle neuen Forschungen zu Rat, las alle
einschlägigen inzwischen erschienenen Werke mit der gründ=
lichen Gewissenhaftigkeit eines jungen Dozenten. Ja, selbst
was ihm schon von weitem den Geruch des Unsinns zu tragen
schien, er prüfte auch das, um ganz auf dem Laufenden zu
sein. So den Shakespeare=Baconschwindel, dessen deutschen
Verfechter Eugen Reichel er eines Tages nicht gerade sanft
mitnahm. Reichel hat bekanntlich die allerverzwickteste Hypo=
these aufgestellt, wonach weder der Schauspieler „Shake=
speere" noch Bacon der Verfasser der Dramen und des
„Novum Organum" sei, sondern ein „Unbekannter",
der aber auch Shakespeare mit ea geheißen habe. Der
sei früh gestorben, und seine Manuskripte seien in die Hände

des niedrigen Bacon gekommen und nun habe der „mit
barbarischer Faust" alles das hineingesetzt, was roh,
verrückt, cynisch und bombastisch sei. Da aber er, als
Kanzler, diese Werke nicht wohl unter seinem Namen habe
herausgeben können, so habe er den Schauspieler Shake=
speere dazu gekauft! „Reichel nimmt nun ein Drama nach
dem andern vor und zeigt die Einschiebsel, die seiner
Meinung nach von Bacon herrühren. Mit einem gewissen
höhnischen, rülpsenden Lachen bemängelt er Stellen, die die
tiefste Poesie enthalten, die seinem trockenen Verstande aber
nicht aufgegangen sind. Wenn man das liest, muß man
sagen, „die barbarische Faust, die über die Dramen ge=
kommen, das ist die Faust des Herrn Eugen Reichel gewesen".

Mit einem Freimut ohne gleichen sprach er über
Religion, Konfession; er bekannte sich überall als Feind
der katholischen Hierarchie, obwohl eine gute Zahl Katho=
liken unter seinen Zuhörern sein mochten. „Die Renaissance
war nur die ästhetische Wiedergeburt, und sie allein ver=
mag den Menschen nicht sittlich zu erhöhen; die Refor=
mation mußte hinzukommen; sie war die sittliche Wieder=
geburt des Gewissens. Es darf nie vergessen werden,
daß ihre Veranlassung war die sittliche Entrüstung darüber,
daß man seiner Seele Heil sollte erkaufen können mit
Geld." Daß ihm der Pietismus ebensosehr zuwider war
und daß er ihm eins versetzte, wo sich nur die Gelegenheit
gab, mag man glauben. Aber Vischer hatte auch seinen
Gegnern eine solche Achtung abgezwungen, daß er sagen
durfte, was er wollte, niemand wagte Einspruch zu er-

heben, mit einziger Ausnahme jenes Ministers, der ihn
wegen der Rede bei Strauß' Gedächtnisfeier verklagt hatte.
Damals sprach Vischer gegen mich die Befürchtung aus,
er werde sein Amt niederlegen müssen; aber die Unter=
suchung ward unterdrückt — man fühlte die Verpflichtung,
an dem reinsten und edelsten Geist kein Sokrates=Exempel
zu statuieren. (Eine alte, übrigens gläubige Dame sagte
mir damals, es sei doch ganz unleugbar, welch großen,
klärenden Einfluß in theologischen Fragen Strauß selbst
auf seine Gegner geübt habe und fügte die rührenden
Worte hinzu: „Strauß und Vischer haben doch nur aus
reinem Drang nach Wahrheit am Alten gerüttelt; solch
Streben ist aber doch von Gott, und so sind sie, wie sie
sind, auch Kinder Gottes".)

Ein Thema, das ihn auch viel beschäftigte, war die
Mystik, die echte und die falsche, die er so definierte: „Die
echte Mystik sucht den Zusammenhang alles Lebens zu er=
fassen, die falsche Mystik bemüht sich, zu beweisen, daß der
Causalverband, der diesen Zusammenhang aller Wesen
bildet, auch willkürlich zerrissen werden könne, daß die
Wesen also untereinander noch in einen andern Zusammen=
hang treten können. Schelling sagt: „der Geist ist in der
Natur schon enthalten implicite." Das ist ja ein wunder=
voller Satz, aber daran knüpfen die Mystiker an und wollen
behaupten, in der Zeit, da das Unbewußte im Menschen
überwog, habe er mit göttlichen Wesen in Verbindung
gestanden — hänge durch das Unbewußte in seiner Natur
noch jetzt mit der Geisterwelt zusammen". —

Vischer hat nie Moral gepredigt, am allerwenigsten jene landläufige, die mit festen Phrasen um sich wirft. In seiner innigen Freude am Volkslied sagte er, die eigentlichen Dichter dieser Lieder seien Menschen, welche durch ihre Berufsart der Natur nahe geblieben. Dazu zählte er auch die Räuber, Lumpen und Strolche und setzte behaglich hinzu: „Sie sind ja zwar polizeiwidrig; aber gerade diese Polizeiwidrigkeit hat doch entschieden etwas Poetisches". Über den Selbstmord sprach er milde: „Er kann wohl auch Feigheit sein, aber er kann auch des Menschen Recht und Notwendigkeit sein. Denken Sie an Othello, der kann nicht weiter leben, das kann ihm kein Gott befehlen."

Um so strenger war er gegen alles, was bloße Schwärmerei, Gefühlsschwelgerei genannt werden kann. „Ich kann einmal den Lebtag nicht leiden", sagte er; „Gefühl hat keinen Paß! zu dem Gefühl sagt man mit Recht: weise dich durch Thaten aus als das, was du zu sein behauptest — nicht durch die enthusiastische That, die beweist nichts, aber durch lange Geduldsproben, durch Entsagung, durch Aufopferung. Mit seinem Hymnus auf das ‚Gefühl, das alles ist‘, wird Faust Gretchens Mörder."

So war Vischer im höchsten Grade sittlichend für das junge Geschlecht, das Urbild eines weisen Jugendlehrers, dessen ganze Persönlichkeit beredt von der Schönheit eines Lebens im Geist und in der Wahrheit predigte. Er glich, wenn er so zu uns sprach, dem Prospero, den er so schön bezeichnet als „den kristallklaren Greisesgeist, der über der Welt schwebt"; aber er war mit seiner Frische, seinem rüstigen energischen Schritt, mit seinem Feuer in Begeisterung und Haß zugleich der ideale Jüngling, der ewige Jüngling, „dessen Wange glüht" — wie die des andern Schwaben Schiller — „von jenem Mut, der früher oder später den Widerstand der stumpfen Welt besiegt". Und so, mit diesem Jugendschein um das Haupt wird er in den Herzen derer, die das Glück genossen, ihn zu hören, unverlierbar eingezeichnet bleiben.

Vischer hat sein Lehramt hoch gehalten. In seiner Widmung an den Jugendfreund Zeller, zu dessen Doktor-Jubiläum, findet sich die folgende prächtige Stelle:

„Eine der schönsten und lohnendsten unter den mannigfachen Formen menschlicher Thätigkeit ist das Wirken des Lehrers an den Sitzen der Wissenschaft, wo ihre verschiedenen Strahlen vereinigt sind, wo die Jugend aller Stämme eines Volks, die Jugend fremder Nationen sich einfindet, ihr Licht zu empfangen; indes die Geschlechter wechselnd sich erneuen, verjüngt sich mit den Empfangenden der Spender; immer neue Frische schöpft er aus den jungen Augen, die zu ihm aufblicken, immer neue Wärme aus der Dankbarkeit der jungen Herzen, mit den wachsenden jungen Geistern wächst er selbst fort, vertieft und erweitert sich sein eigener Geist. Ausschauend auf das thätige Leben, diesen und jenen gereiften Mann in verdienstvollem Wirken betrachtend, darf er sich sagen: auch einer von denen, die meine Schüler waren."

Und bei der großen Feier zu seinem 80. Geburtstag

antwortete er auf die begeisterte Ansprache ungefähr: „Der Mensch ist glücklich zu nennen, bei dem Pflicht und Neigung zusammengehen. Das ist mir geworden. Ich habe das Glück gehabt, d i e n e n zu dürfen, dem Staat zu dienen mit meiner Kraft.“

Und mit welcher Treue hat er gedient! Wie pünkt= lich am Platze, wie ganz bei der Sache, wie streng gegen sich, wie unnachsichtlich gegen den Leib, den die Gebrechen des Alters zu plagen begannen. In Sommerhitze und Winterkälte, in bösen und in frohen Tagen immer der= selbe. Nur sein alter Quälgeist, der Katarrh, wenn er Fieber mitbrachte, zwang ihn zuweilen, eine Vorlesung abzusagen; aber wie ungern und wie selten geschah das. Wie unzufrieden war er oft, wenn eines Feiertags wegen ein Vortrag ausfallen mußte.

„Unser Leben währet siebenzig Jahre, und wenn's hoch kommt, so sind's achtzig Jahre, und wenn's köstlich gewesen ist, so ist's Mühe und Arbeit gewesen.“

Er hat seines auf achtzig Jahre gebracht, und es war köstlich, denn es war Arbeit, Arbeit bis zum letzten Tage. — Als nach der angreifenden Feier seines 80. Ge= burtstags, am Donnerstag den 30. Juni 1887, der Frei= tag wieder einen Arbeitstag brachte, da stand er frisch und bereit wie sonst auf dem Katheder. Seiner alten Dienerin, die ihn inständig gebeten hatte, sich zu schonen und heute nicht zu lesen, hatte er geantwortet: „Ich be= komme ja mein Gehalt dafür, nein, nein, ich darf dem Staat nichts schuldig bleiben!“

Seine letzte Vorlesung, Ende Juli, schloß er mit der Ankündigung, daß er im Wintersemester mit Lessing wieder beginnen werde. Im Wintersemester! Als es begann, lag er in seinem Grabe. Mit bangen Schritten gingen seine Schüler an der verwaisten Stätte seines Wirkens vorüber. „Arbeit! Arbeit!" war eines der letzten Worte gewesen, die er den Seinigen zugerufen.

———

Zweiter Abschnitt.

Bei sich daheim.

Ein paar Monate schon hatten wir Vischers Vorlesungen gehört, als wir uns endlich entschlossen, ihn in seinem Hause aufzusuchen. Es war wieder eine ängstliche Geschichte, wie jener erste Brief. Aber wir hatten einen so dringenden Wunsch, ihn in menschlicher Nähe zu sehen, uns als seine Schülerinnen zu melden, und während wir ihm unsere Ehrfurcht bezeigten, zugleich sein Bild noch voller und runder in uns werden zu lassen. Zwar wachten die alten Wahnvorstellungen von seiner Unnahbarkeit, seinem Frauenhaß auch ein bischen wieder auf, aber wir sagten uns: „Jetzt wagen wir es einmal, und wenn er uns nicht annimmt oder nach drei Worten wieder entläßt, so nehmen wir es hin als sein Recht, denn er ist sehr beschäftigt und seine Zeit kostbar, und welche Verpflichtung hätte er, sich mit zwei jungen Menschen aufzuhalten, die noch nichts geleistet und wenig erfahren haben." Wir wanderten die stille schöne Kepplerstraße entlang, die von den Weinbergen her gerade auf das Polytechnikum zu führt und suchten Nummer 34, 2 Treppen. Kein elegantes Haus, aber ein sauberes, gut bürgerliches. Nun standen wir vor der Glasthür im zweiten Stock, lasen

links an der Wand das Schildchen mit der Aufschrift:
„Vischer, Professor", und wagten nicht, die Glocke zu ziehen.
Als es dann doch geschehen mußte, erschraken wir vor
ihrem hellen Ton und wären fast noch davongelaufen.
Aber eine ältere Dienerin erschien, legte ein bißchen die
Hand ans Ohr, um das ihr fremdklingende Norddeutsch
besser zu verstehen, und sagte: „Ja, der Herr Professor
sind zu sprechen, gehen Sie nur hinein, da grad vor."
Ich klopfte zaghaft; es wurde kräftig „herein!" gerufen,
und da stand er nun, der Bewunderte, Verehrte, mitten
in seinem Schreibzimmer, im Schlafrock, und nahm, als
er die fremden Gesichter erblickte, die Pfeife aus dem
Munde, die ihn und seine nächste Umgebung in große
Wolken eingehüllt hatte. Wie herrlich er zu dem Zimmer
und das Zimmer zu ihm paßte! Mir schien, als habe
ich das alles schon einmal gesehen, in einem freundlichen
Traum oder in einem alten Buche. Es war das Urbild
eines deutschen Gelehrtenstübchens. — Ich begann eine
Anrede zu stottern, wurde aber sogleich mit einigen gütigen
Worten unterbrochen, und ehe wir's uns versahen, saßen
wir auf dem kleinen graben Sofa hinter dem runden
Tische und Vischer uns gegenüber, ohne Pfeife jetzt, halb
mit dem Rücken gegen das Fenster, die Augen uns zu=
gewendet, voll Lebhaftigkeit und Güte. Wie oft haben
wir nachmals so gesessen und in sein liebes Gesicht geblickt,
immer auf demselben Platz, hinter dem runden Tisch, der
statt mit einer unbequemen, weil leicht abzureißenden Decke
mit bunten Wachstuchplättchen zierlich belegt war, auf

denen meist ein schöner Krug, eine Tasse und ein Brot=
korb standen. Denn an diesem Tische nahm der genüg=
same Mann zugleich seine Mahlzeiten ein; in diesem be=
haglichen engen Raume verlief ihm der ganze Tag, soweit
er ihn daheim zubrachte.

Zum erstenmal konnte ich nun Vischer wirklich sehen;
nun merkte ich erst, daß ihm kein Bild, keine Photographie
genug gethan. Es ist merkwürdig, daß dieser eherne Cha=
rakter, dieser starke Mann, ein so zartes Gesicht hatte, ein
Gesicht, das rührte und ergriff, ebensosehr, wie der durch=
geistigte Ausdruck desselben imponierte; eine ungewöhnliche
Leidensfähigkeit sprach aus diesen feinen, leicht eingesun=
kenen Schläfen, die das blaue Adergeflecht durchschimmern
ließen, wie bei der weichen, dünnhäutigen Jugend; ein
Blick auf diese schmalen Wangen machte die Kämpfe ahnen,
die dieser Mann mit sich selbst und anderen bestanden:
„O großer Buchbinder Weltgeist, warum hast du mich zu
fein eingebunden!“ — Seine Züge trugen gewöhnlich
den Ausdruck des Sinnens, des still und gesammelt bei
sich daheim seienden Geistes; aber sobald er sprach, trat
seine Seele wie ein freundlicher Wirt unter die Thür
ihres Hauses, dem Gaste entgegen. Und dann, sowie etwas
kam, was ihn besonders belebte, welch ein Aufblitzen in
den blauen Augen! ich habe dies eigentümliche Licht=
sprühen später auch in den Vorlesungen wahrgenommen,
bei hochpathetischen Stellen, aber auch im vernichtenden
Spott und in der Schelmerei; es war immer von be=
sonderer Wirkung, als springe ein elektrischer Funke in

die Seele des Hörenden und Schauenden hinüber. Das war um so mehr überraschend, wenn man sich bei nahem Betrachten überzeugen mußte, daß das linke Auge krank und matt in seiner Höhlung lag; das andere aber schien die Leuchtkraft beider zu vereinigen; es war ein Adler= auge. So mag Luthers, Schillers Auge geblitzt haben wider Trug und Gemeinheit.

Beim Lesen bediente er sich einer Lorgnette, denn er war fernsichtig, bei längerem Schreiben einer Brille; Brillen waren ihm übrigens zuwider, weil sie die Augen zudecken; er bekannte oft, ständige Brillenträger seien ihm fast unheimlich hinter ihrem geschlossenen Visir.

Vischers Stirn war durch ihr Übergewicht eine phre= nologische Merkwürdigkeit, sehr hoch und breit und herrlich gewölbt, mit eigentümlichen Ausladungen über den Augen. Als Gall's Schüler, Schebe, mit seiner Schädellehre auftrat, erbat er sich die Erlaubnis, Vischers Kopf zeichnen und in seine Sammlung mit aufnehmen zu dürfen. In ruhender Lage ragte die Stirn wie ein Berg vor, wie das an dem ergreifend schönen Totenbild ersichtlich ist. An diese mäch= tige Stirn schloß sich eine gerade, kurze Nase, sehr fein modelliert, mit breitem Rücken und kräftigen Nüstern. Mund und Kinn waren leider verdeckt durch einen vollen Schnurr= und Wangenbart, doch nicht so vollständig, daß sie nicht teilgenommen hätten an der lebendigen Sprache der übrigen Züge. Es war ein Mund von gewinnender Milde, bereit zu einem guten Lächeln, aber auch von allen Geistern des Witzes umspielt. Die helle Hautfarbe

mit dem schwachen Anflug von Rot, das mehr blonde
als graue Haupt= und Barthaar verstärkte den Ausdruck
des Zarten nnd Jugendlichen. Wem das Alter milde
kommt, dem pflegt es so zu kommen, pflegt nur zu ver=
bleichen, nicht zu zerstören.

Was er an jenem ersten Tage mit uns gesprochen?
O es verlief alles so völlig anders, als wir es uns vor=
genommen! Kein Wort kam heraus von all der Ver=
ehrung, dem Wunsche ihm zu danken, der uns hergeführt.
Für ihn waren wir Fremde, die in der ihnen unbekann=
ten Stadt sich an ihn wandten, als an den einzigen,
ihnen wenigstens durch seine Werke Bekannten. Er
versetzte sich gleich in unsere Lage, fragte nach Woh=
nung, Kost, passender Ansprache und erkundigte sich, wie
und womit er uns in Stuttgart behilflich sein könne!
Und das war keine Redensart; er besann sich, wem er
uns wohl empfehlen solle, und gab uns dann die Adresse
einer jungen Malerin, der Tochter eines verstorbenen
Freundes. Er schien nur Interesse dafür zu haben, daß
wir uns in Stuttgart bald recht wohl fühlten. — Wir
sahen uns verwundert an. Wir hatten schon viel Güte
erfahren, auch von Fremden, so etwas aber war uns noch
nicht vorgekommen. Eine solche Wärme, ein solches Hinein=
fühlen in den Andern, das hatten wir nie erlebt. Wir
saßen da, und er sprach zu uns, als wäre er ein naher
Freund, ein Verwandter, ein liebevoller Vater.

Von diesem Augenblick an gab es kein Fremdsein
mehr für uns in dem fremden Lande. Uns war, als

seien wir jetzt erst nach Hause gekommen, als könnten wir
nimmer wieder fort.

Daß ich dieselbe sei, der er nach Hamburg schon ge=
schrieben, sagte ich erst beim Abschied. Lächelnd erwiderte
er: „So, so; um so besser!" Die Gastlichkeit seines
Empfangs hatte einfach den Fremden, Zugereisten gegol=
ten. Durch die halben, grün und weiß gestreiften Fenster=
vorhänge fiel ein heller Wintersonnenstrahl; der große
schwarze Kater auf der Sofalehne schnurrte und reckte sich
behaglich, — wir hätten ewig so sitzen und all die lieben
und schönen Worte einsaugen mögen. Als wir gingen,
begleitete er uns bis an die Treppe und rief uns sein
freundliches „Auf Wiedersehen" nach. Wir nahmen immer
zwei Stufen auf einmal und jubelten und weinten durch=
einander. Was für eine herrliche Welt, wo es solch einen
Menschen gab! — Das war unser erster Besuch, unser
erster Eindruck. Die späteren haben ihn nur verstärkt.
Mit einer frohen Spannung, einem grenzenlosen Vertrauen
sind wir jedesmal zu ihm gegangen; aber auch wenn es
uns schwer und bedrückt in der Seele war. Wenn uns
Gutes geschehen, wem hätten wir es lieber erzählt, und
wer hätte mehr Herzensanteil genommen! Wenn böse
Tage kamen, wer hätte durch sein bloßes Dasein trösten,
erheben, aufhellen können wie er!

Nie sind wir abgewiesen worden, obwohl er oft genug
vom Schreibtisch aufstand, um uns zu begrüßen; aber wir
sind freilich auch nicht zur Unzeit gekommen. In den laufen=
den Stunden des Nachmittags, vor dem Beginn des Kollegs,

ließ er sich ungern sprechen, weil er es mit der Vorbereitung sehr genau nahm. Sonst aber empfing uns
die treue alte Rike, die er scherzweise seine „Euryfleia"
nannte, jedesmal mit der gleichen Bereitwilligkeit, uns
vorzulassen, auch wenn schon anderer Besuch da war und
wir gern gewartet hätten. Einmal setzte ich es durch und
begab mich in sein kleines, nach hinten gelegenes Reserve=
Bücherzimmer, um dort zu bleiben, bis der Besuch fort
sei. Kaum aber saß ich darin, als Vischer in eigener
Person erschien und mich mit den scherzenden Worten:
„So! der Herr Baumeister beißt wirklich nicht, nicht wahr,
Herr Baumeister?" ins Studierzimmer führte, triumphie=
rend umsprungen und umbellt vom Xanthos, dem blonden
Rattenfänger, dem treuen lustigen Begleiter, — der seinen
geliebten Herrn überlebt hat. Dies nahe vertrauliche Zu=
sammenleben mit den Haustieren (es waren gewöhnlich
auch ein paar Katzen da, und Xanthos hatte oft Besuch
von Nachbarshunden), gab dem „bücherreichen Ort" etwas
Anheimelndes, Belebtes, Heiteres, Natürliches. Es war
wie eine sogleich sichtbare Verkündigung, daß hier Pedan=
terie und steife Würde nicht gedeihen könnten, schnell aus
der Fassung kommen müßten. Denn wenn auch der Rat=
tenfänger nach wohlgezogener Hundeart durchaus Ordre
parierte, so hatte er doch allerlei Launen, wollte bald
hinaus zur Rike, bald wieder kratzte er draußen, um Ein=
laß bettelnd, oder er verlangte, ins Schlafzimmer gelassen
zu werden, um dort — an der Bettstatt sich den Pelz zu
reiben! Wenn man seine Tiere lieb hat, läßt man sie

nicht umsonst winseln. Vischer stand gelassen auf und
verbannte sie keiner solchen Kinderungeduld wegen aus
seiner Nähe. Er kannte all ihre Einfälle und spürte
ihnen mit phantasievollem Humor nach. So lachte er
einmal hell auf, als der Hund im Nebenzimmer ingrimmig
bellte. „Da, sehen Sie," rief er, „jetzt hat er sich wieder
an der Bettstatt kratzen wollen, aber wie das so geht, ist
von dem Reiben das Jucken ärger geworden. Jetzt bellt
er den Dämon an, der da in der Bettstatt steckt, so macht
er es allemal!" — Daß nun gar die Katzen, zumal die
jungen, die er besonders liebte, ohne allen Respekt mit
ihm spielen wollten, ergötzte ihn sehr. Da war einmal
ein blaugraues, wunderschönes Tierchen, das mit einer
Ausgelassenheit im Zimmer herumfuhr, die kindlich un-
verschämt im höchsten Grade war. Kaum hing eine Schlaf-
rockquaste ein bischen nieder, so begann es mit den Pfötchen danach zu zielen und sie herunterzuzupfen; und wenn
die Schleife sich hinreichend gelöst hatte, und die Schnur
am Boden schleifte, dann gab es ein Zerren und Häkeln
und im Übermaß des Entzückens auf den Rücken Fallen
und die Troddel mit allen vier Pfötchen Umklammern,
daß der Besitzer des Schlafrocks aufmerksam werden mußte
und sein Eigentum an sich zu nehmen strebte, und eben
das war es ja nur, worauf der Schelm gewartet hatte,
um sein Spiel in Schwung zu bringen. Ja, als eines
Tags Vischer sich zu dem Bücherbrett bückte, sprang ihm
das freche Geschöpfchen gar auf den gekrümmten Rücken
und blieb dort, alle vier Beine dicht neben einander und

den Schwanz hoch aufgereckt, ruhig stehen, wobei es mit einer solchen Spitzbubenmiene zu mir herblinzelte, daß ich, während Vischer, noch in derselben Stellung, um das Tierchen nicht abzuschütteln, mir zurief: „Ja, das ist ein toller Kerl, nicht wahr?" laut lachen mußte; es ist dasselbe Kätzchen, das Vischer in einem lieblichen Gedichte, einem seiner letzten, verewigt hat; — er hatte das Tierchen nicht lang, es ward ihm leider vergiftet. Natürlich vertrugen sich bei ihm Katze und Hund vortrefflich; nur litt der Xanthos nicht, daß die Katzen ausgingen; als er einmal den großen schwarzen Kater schon auf der Treppe fand, schleppte er ihn mit beträchtlicher Anstrengung wieder hinauf und legte ihn seinem Herrn zu Füßen, wie mir der erzählte; er zankte und bellte auch noch eine ganze Weile gegen solch unpassendes Herumstrolchen.

Wenn es einem nun aber recht herzenswohl war bei diesem grundguten, einfachen, arglosen Sichselbergeben, — welch eine Anregung zum Denken, welch einen Gewinn für den Geist gab jede Unterhaltung mit ihm, was für Ausblicke eröffneten sich, wohin er auch zeigte. Was war es nur, das Vischers Gesprächen diese tiefe, nachhaltige Wirkung verlieh, so daß man nie vergessen konnte, was er gesagt hatte! Ich glaube, es war zuerst der Umstand, daß er nie sprach, um zu reden, sondern daß er immer selbst in seinen Worten war. Er war dabei, bei der Sache.

Seltene Eigenschaft! Im Durchschnitt ist es ja den Menschen ebenso gleichgültig, was sie selber sagen, wie das, was andere sprechen. Sie behaupten etwas und

wissen im nächsten Augenblick nicht mehr was; sie wider=
sprechen sich, als sei das etwas Selbstverständliches; sie
werfen Worte hin, unbesehen, und wenn man sie beim
Wort nehmen möchte, erklären sie sich lächelnd als un=
verantwortlich, denn sie haben sie längst vergessen. Der
Mensch ist unzuverlässig im Handeln; er ist es noch zehn=
mal mehr im Reden, und wer da meint, die Worte der
Leute bedeuteten auch etwas, der ist traurig betrogen.
Und nun ein Mensch, der meinte, was er sagte! Es
war eine Beruhigung der Nerven, eine Kur, eine Heilung
von allen Enttäuschungen. Ein solcher Mensch konnte ja
auch nicht im Gespräch im Zufälligen, Heutigen, Kleinen
stecken bleiben, er mußte alsbald aufsteigen in das Große,
Allgemeine, Bleibende, das seiner Seele Heimat war. Man
konnte nicht noch so kurze Zeit mit ihm zusammen sein,
ohne inne zu werden, daß ihm nur wohl war im Weiten,
Hohen, Hellen. Bei ihm sein, hieß droben sein „im oberen
Stockwerk", außerhalb der Zeit, hieß sich bewußt werden,
daß der Mensch Flügel hat, und daß er sich ihrer öfter
bedienen sollte, als er leider thut. Wenn ich von ihm
kam, war mir oft, als schwebe ich.

Ich möchte aber doch nicht mißverstanden werden, als
hätte sich das Gespräch immer um die höchsten Gegenstände
bewegt. Es war nur seine Art, die Gegenstände zu be=
handeln. Er sprach mit uns über alles; über Politik wie
über das Wetter, über Malerei wie über süddeutsche Kost,
über seine Arbeiten wie über Tiergeschichten, über den
Faust und sogar über die Buchholzens! Er klagte uns

seine Not, wenn er mit Briefen überhäuft, nach allen Seiten zu antworten hatte. „Lieber ein paar Seiten in einem philosophischen Lehrbuch schreiben, als einen einzigen Brief! Wie oft muß ich ihn zweimal schreiben, weil mir etwas Dummes hineingekommen ist, und die Federn kratzen immer, und alles mögliche Unangenehme passiert mir dabei. Ich bin wirklich sehr wenig schuld, wenn ich nicht gleich wieder schreibe. Aber die Leute sind so exalt und sie brummen, wenn man ihre Briefe nicht gleich beantwortet". (Seine Korrespondenten wissen freilich, daß er immer ant= wortete, trotz dieser Beschwerden.)

Wie man ihn aber plagte, das ist stark. Einmal zeigte er uns ein überaus prachtvoll gebundenes großes und schweres Buch. „Wissen Sie was das ist?" sagte er kläglich, „ein Autographenalbum! Hätte man mir nur ein Blatt geschickt! Aber jetzt habe ich auch noch die Sorge, daß der kostbare Band sorgfältig wieder verpackt wird, daß er nicht Schaden leidet. Ich traue mir nicht, es der Rike zu überlassen, ich muß das selbst machen! Jetzt ist aber die Schachtel dazu auf dem Herweg zer= brochen, nun gilts herumlaufen, eine andere auftreiben!"

Das war mehr als rücksichtsvoll; aber es ist fast so, daß die im allgemeinen gewissenlose Menschheit von ihren großen Männern eine solche Behandlung verlangt. Die sollen wie die Heiligen zehntausend gute Werke übrig haben für den, der gar nichts gutes gethan hat. Vischer erzählte mir, wie schlecht es ihm einmal bekommen war, als er sich nur ein bischen hatte gehen lassen. Ein Schul=

lehrer schickte ihm ein dickes Manustript zu, lauter Gedichte, und bat um schleunige Durchsicht. Vischer stak wie ge= wöhnlich tief in der Arbeit und beklagte sich in seiner Abendgesellschaft über diese lyrische Überschüttung. „Aber ich thu's nicht", rief er in komischer Aufgebrachtheit, „ich schmeiße sie in den Keller, daß sie auswachsen wie die Kartoffeln". Einige Tage darauf schickte ihm der gekränkte Verfasser ein grobes Billet, in welchem er die Rückgabe seiner Lieder verlangte, „da er nicht wünsche, daß sie in den Keller geschmissen würden und auswüchsen wie die Kartoffeln". Irgend ein beflissener „Freund" hatte die fürchterlichen Drohworte an ihre Adresse gebracht. Vischer aber hatte ja keineswegs den Dichter kränken wollen; sein Ausruf that ihm leid; er ließ alle andre Arbeit liegen und nahm die Gedichte vor. Als er fand, was er vermutet hatte, schrieb er absichtlich doppelt milde: „Solche Poesie fürs Haus habe ja auch ihre Berechtigung, und der Verfasser werde seinen Freunden manche Freude damit gemacht haben, er denke wohl nicht ans Druckenlassen, aber die Muse am häuslichen Herde" u. s. w. Darauf kam keine Antwort. Nach einem Jahre aber erschienen diese Verse schön aus= gestattet und der Königin gewidmet. Der Herr Lehrer hatte sie unter der Flagge von „Vischers günstiger und empfehlender Kritik", die aber wohlweislich nicht ab= gedruckt wurde, hinaussegeln lassen. „Und ich stehe nun da als einer, der so etwas gutheißt," schloß Vischer seine belehrende Geschichte. Sie giebt einen Commentar zu seinem drolligen Gedicht „Rache", das mit dem schaden-

frohen Ausbruch schließt: „Jetzt leſet! jetzt ſchinde ich Euch.‟
Er bedurfte zuweilen eines ſolchen Zornſchlotes; nachher
war wieder helle freundliche Flamme; die Unzähligen,
denen er Berater und Helfer geweſen, ſind freilich unge=
nannt, während dies bischen beißender Rauch, das der
Edle, Gute manchmal um ſich zu blaſen liebte, ſein Bild
für die ganz Fernſtehenden und für die Humorloſen in
einen menſchenfeindlichen Schleier gehüllt hat. —

Sein eigenes Schaffen, ſowie ſeine fortwährende Arbeit
an den Vorträgen machten es ihm unmöglich, der modernen
Litteratur durchaus Werk für Werk zu folgen. „Während
dies oder das jetzt geleſen wird, ſtecke ich tief in der zweiten
ſchleſiſchen Schule,‟ klagte er zuweilen. Auch nahm der
Augenkatarrh, der ihm die Lichtarbeit faſt unmöglich machte
in den letzten Jahren, ihm viele Abendſtunden fort. Aber
man muß doch ſagen, da er in ſeinen Vorleſungen und
kritiſchen Schriften unabläſſig bemüht war, den Geſchmack
zu bilden, da er ihn an den großen Vorbildern aller Zeiten
erzog, ſo konnte ein Feinhöriger ſeine Urteile über die
neueſten Produktionen ganz wohl kennen, ohne daß Viſcher
dieſe neueſten Sachen geleſen hatte. Daß der Verehrer
Shakeſpeares und Goethes die vollſtändige Knebelung der
Phantaſie, die wir modernen Naturalismus nennen, nicht
billigen, ſeine Erzeugniſſe nicht dichteriſch nennen konnte,
ſteht feſt auch ohne die an eine direkte Adreſſe gerichteten
Strophen aus dem Fauſt III. Teil:
„Standhaft erprobet im Kloakenwerke
Des Naſennerves ungewohnte Stärke

Der neuen Zeit Savonarola,

Herr Zola,

Und ruft der Klassicistenzunft zum Trutz:

Das wahrhaft Ideale ist der Schmutz!

Da ist die steifste Klassik mir doch lieber."

Sein größter Liebling unter den Modernen war Gott=
fried Keller; Konrad Ferdinand Meyer nannte er „den Ver=
treter der strengen Objektivität"; in der „Richterin", die
damals nicht lange erschienen war, rühmte er besonders die
schwüle Föhnstimmung; aber Keller war sein Liebling:
„Nicht ganz so streng objektiv, aber wie herrlich doch! Das
‚Sinngedicht' möchte ich jeden Monat einmal lesen, so wohl
wird es einem dabei, nicht wahr? Diese innere blühende
Fröhlichkeit, dieses Licht, das die Welt hell macht." Man
kann sich daher vorstellen, welchen Eindruck auf Vischer
jene unqualifizierbare Besprechung des „Auch Einer" von
Bertha Glogau in der Nazionalzeitung gemacht hat. Vischer
erzählte mir einmal davon. Die Referentin hatte geschrie=
ben: erstlich sei das ganze Ding überhaupt nichts, gänzlich
wertlos u. s. w., zweitens sei es höchstens aufzufassen als
ein „Pasquill auf Gottfried Keller." Vischer sagte,
er begreife vor allem nicht, wie die Redaktion das habe
aufnehmen können; es müsse wohl eine Cousine oder Tante
von dem Redakteur sein, sonst sei so etwas kaum möglich.
Die Schlußstrophen von „Einharts Wanderschicksal" be=
handeln diesen traurigen Fall. —

Hans Hoffmann, den ich noch nicht kannte, empfahl
er mir sehr, besonders den schauerlich=großartigen „Hexen=

prediger"; „Im Lande der Phäaken" gefiel ihm auch.
Doch hatte er seine Bedenken: „Ob diese tragischen Aus=
gänge geradezu gefordert sind durch die Charaktere, da=
rüber ließe sich sehr streiten." —

Als Felix Bamberg die Hebbelschen Tagebücher heraus=
gab, die Vischer sehr interessierten und aus denen er sich,
wie er mir erzählte, manches notiert hat, sprach er ein=
gehender über diesen hochbegabten aber „schief gewickelten"
Dichter. „Ja, Hebbel war schief gewickelt; bei ihm knarrt
alles so etwas; das Weiche, Quillende des echten Poeten
fehlt ihm; an Goethe darf man gar nicht denken! Aber
— geistreich". Dann von seinem geistigen Anachronismus:
„Der Holofernes in seiner Judith ist ja ein moderner
Weltschmerzler". Mit Lachen gab er auch die Erzäh=
lung zum Besten, wie Grillparzer einmal den Hebbel
an einem seiner offenen Abende besuchte. „Es war viel
Gesellschaft da, Hebbel trat auf Grillparzer zu, legte ihm
die Hand auf die Schulter und sagte feierlich: ‚Was ist
Gott?‘ Nichts von ‚guten Abend‘ oder ‚Willkommen‘ oder
sonst einer menschlichen Anrede. Ich kann mir denken,
wie der arme Grillparzer zurückgeprallt ist. Er hat nach=
her gesagt: ‚Da geh ich nimmer wieder hin, wo man
gleich so drangekriegt wird! Ich hab's nicht gewußt, was
Gott ist, was braucht er auch gleich so zu fragen!‘ Und ich
wär' grad so erschrocken gewesen, wär' auch nicht mehr hin=
gegangen", setzte Vischer hinzu. — Die Tagebücher zogen
ihn besonders an, weil sie über die tragisch angelegte Natur
Hebbels noch ganz anders Aufschluß geben als seine hinter=

laſſenen Werke. War ihm doch auch der ſeelenverwandte
Heinrich Kleiſt, „der unſer deutſcher Shakeſpeare hätte
werden ſollen", ſo tief anziehend und ergreifend. Er konnte
ſehr böſe werden wenn jemand ſich einfallen ließ zu ſagen:
der hätte den Wahnſinn bekämpfen, klar und plan werden
ſollen wie andere Leute. Gegen ſolch einen wohlweiſen
Moraliſchen las er uns einmal die folgenden Zeilen vor:

„Wir ſprachen von Hamlet, von Taſſo
Und ihres Lebens fracasso,
Von Hölderlin, von Heinrich Kleiſt,
Wie ſie der Wahnſinn packt, zerreißt,
Kurzum von tragiſchen Seelen.
Da begann er geſtreng zu ſchmälen,
Mit Salbung ſprach er von Maß und Pflicht,
Vernunft und moraliſchem Gleichgewicht,
Saß breit auf ſtattlichem Geſäß
Und aß behaglich ein gut Stück Käs."

Die Wohlweiſen waren ihm ſehr zuwider, auch jene Eigen=
ſchaft, die ſich faſt immer bei ihnen findet: die Gutmütig=
keit. „Gutmütigkeit bedeutet gar nichts", pflegte er zu
ſagen, „iſt nur ein Zuſtand; die Gutmütigen ſind ſo lange
gut, bis ſie bös werden, und dann ſind ſie recht bös".

Im höchſten Sinne belehrend waren ſeine Ausſprüche
über die Poeſie, beſonders über ſeine eigenen Arbeiten,
wozu ich ihn allerdings nur durch Überrumpelung bringen
konnte, denn er ſchien ſonſt im Geſpräch nur Intereſſe für
andere zu haben und wendete ab, wenn man auf ihn
kommen wollte. „Der Reim", erklärte er mir einmal, „iſt

mehr als ein Spiel, er ist gewissermaßen der wörtliche
Ausdruck des inneren logischen Zusammenhangs". — Und
wenn nun ganz widerstrebende Wörter aufeinanderreimen?
„Dann läßt er gerade den Kontrast, die Feindschaft der=
selben doppelt hervortreten durch den Umstand, daß die
Wörter, die Klänge so gut zu einander passen". Dann
sprach er auch über die Reimarmut des Deutschen, die
verlange, daß man dem deutschen Dichter einige Freiheiten
gestatte: i und ü, e und ä, äu und eu, ai und ei, e und
ö dürfe ganz gewiß gereimt werden, aber auch eu und ei,
oder sogar ä und ö, was man wenigstens in Norddeutsch=
land oft thue. Reimfehler verzeihe man nur dem Dichter,
der sich sonst schon als Meister erwiesen, grade im Gebiet
des Reims. Nie könne der Dichter klassisch heißen, dessen
Verse nicht volles Wohlbehagen erweckten. Doch gebe es
auch gewollte Fehler im Metrum, die zur Belebung
dienen, so im Jambus, daß der Vers mit einer Hebung
beginne, statt mit einer Senkung; z. B. „Nichtswürdig
ist die Nation, die nicht ihr Alles setzt an ihre Ehre", wo
dann die volle Wucht auf das „Nichts" fällt. —

Alles, was in der Zeit entstand, gab er uns. Wie
freuten wir uns, als er uns sein Lustspiel „Nicht Ia"
schenkte. „Es freut mich, daß ich Ihnen doch auch mal
Blümle geben kann. Es kann zwar nie aufgeführt wer=
den", sagte er dazu, „denn selbst am hiesigen Hoftheater
giebt es zu wenige Schauspieler, die den schwäbischen
Dialekt inne haben. Es ist eine Eigentümlichkeit der
Schwaben wie der Schweizer, daß sie nicht Schauspieler

werden, es widerstrebt ihrer Natur. Es ist höchstens etwas für Liebhabertheater".

Als er am dritten Teil Faust in der zweiten erweiterten Gestalt arbeitete, erzählte er uns zuweilen etwas davon, las uns auch jenes allerliebst boshafte Gedicht „An die Exakten" vor, welches beginnt:

„War's um sechs Uhr oder sieben,
    Wann er diesen Vers geschrieben?"

Vischer sagte uns, wie er zu dieser Arbeit komme: „Die erste Auflage des derben Scherzes ist vergriffen, der Verleger möchte eine zweite machen; inzwischen sind nun aber die dort vorhandenen politischen Anspielungen und Verhältnisse veraltet, ich kann das also nicht wieder so drucken lassen, das hätte keinen Sinn; dazu muß ich nur sagen, daß mir manche Derbheiten in der ersten Auflage selbst nicht mehr gefallen; Gretchen soll nicht wieder auftreten; es ist ja schon das Größte und Herrlichste persifliert worden, aber jetzt habe ich das doch selbst nicht mehr mögen und habe das Lieschen zu Fausts Gouvernante gemacht". — Wir hatten Vischer dreiviertel Jahr lang über den Faust vortragen hören und waren sehr gespannt, als die zweite Auflage der Satire erschien; wir konnten uns denken, was und in welchem Sinne er wohl angegriffen hatte. Als er mir das Werk schenkte, sagte er: „freuen Sie sich nicht darauf! es wird Ihnen manches sehr fremd vorkommen. Nur die pathetischen Stellen — ich habe den Kulturkampf hineingebracht — das werden Sie gern lesen. Und dann am Schluß kommt ein Panegyrikus auf Goethe. Das

Andere ist Satire. Das heißt, es geht eigentlich über die Satire hinaus, ist reine Narretei, einfache Tollheit. Auch in der Sprache. Ich kann das nicht lassen. Es steckt so etwas vom Fischart und Rabelais in mir. Ich habe manches süddeutsche Wort gewagt, das ich gern einbürgern möchte. — Nehmen Sie das Wort bohrzen, eine Modifikation von bohren, wie krächzen von krähen, wiseln von weben, Hebel hat auch knarzeln (die Sau knarzelt) z l f wirken modifizierend. Bohrzen sagt man von einem Kinde, das neben einem sitzt und herumarbeitet und seine Glieder unter uns zu schieben versucht. Mit den sich zu Tode erklärt habenden Erklärern des Faust habe ich keine bestimmten gemeint, es sind zu viele. Ich habe sie nur in zwei Kategorien gebracht; die Stoffhuber das sind die, welche jetzt die Frankfurter Kirchenbücher durchforschen, ob Frau Marthe Schwertlein drinsteht: und die Sinnhuber, die überall eine Allegorie wittern, für die alles Allegorie ist. Nur zwei von diesen habe ich mit Namen eingeführt; Wedge, das ist ein Engländer, namens Kyle, dessen Namen habe ich nun deutsch genommen: Keule, und dann zurückübersetzt ins Englische: Wedge. Der Andere ist ein Hamburger namens Louvier; Louvier bedeutet die große Zange, mit der schwere Steine gehoben werden, darum habe ich den Steinzänger genannt".

Ich nahm seelenfroh meinen Schatz nach Hause und sah bald, daß sich diese zweite Auflage zur ersten verhielt wie ein ausgeführtes Kunstwerk zu einem rohen Entwurf. Der Gang der Handlung ist ja ziemlich ebenso, aber Faust

bei den Müttern schlägt sich dort nur mit der Helena und
dem Euphorion herum und dann freilich auch mit Napo=
leon III, den er besiegt. Merkwürdig genug. 1862, als
das geschrieben wurde, sah es doch wahrhaftig nicht da=
nach aus. Das Nachspiel fehlt ganz, Charaktere und Si=
tuationen sind nur im Umriß gezeichnet.

Das wunderbare Buch, dessen gleichen wir nirgends
in der deutschen Litteratur haben, packte mich von Anfang
bis zu Ende. Ich wünschte es anzuzeigen, fragte Vischer,
ob er mir die Fähigkeit zutraue. Er sagte: „Ich weiß,
daß Sie es können". Das war ein Sporn für mich,
mein bestes zu thun, umsomehr, da lange nichts ordent=
liches über das Werk herauskam. Als ich einmal, einen
Monat nach dem Erscheinen, zu ihm ging, klagte er mir,
er sei in herber Stimmung über die Oberflächlichkeit der
Kritik. Er habe in den „Züricher Nachrichten" einen
Artikel gefunden von B., der sei aber recht „schluderig"
gewesen. B. habe erst zu Hoffnungen Anlaß gegeben, er
habe einen guten Artikel geschrieben über den Schweizer
Leuthold, aber nun treibe er es auch so; schon der Nekro=
log auf Mörikes Freund, Hartlaub, sei nichts gewesen. Er
habe B. seinen „Faust" geschickt, weil er ihn persönlich
kenne und ihm ein paar Verse dazu geschrieben, die an=
fangen:

„Wenn der bittre Ernst euch packt,
Den ich in die Wurst gehackt —"
„Und nun", sagte er traurig, „nun hat er ihn nicht ge=
packt, und er hat doch darüber geschrieben!" Er fuhr fort:

„daß sie die ernsten Stellen nicht verstehen, das verdrießt mich nicht, sondern thut mir geradezu moralisch weh. Da habe ich mein ganzes Herz hineingelegt, und es packt nicht, es greift nicht an die Seelen; wie können sie mir auch geben, was sie selbst nicht haben? Oder", er sah mich forschend an, „habe ich mich geirrt? Packt es vielleicht doch nicht? Ich dachte, jeder Deutsche sollte das ver=stehen, sollte ihn haben den echten Zorn, den Lutherzorn, und nun kann ich nicht begreifen, daß keiner diese Stellen erwähnt; sie betrachten die Erscheinung der zwei Geist=männer auch nur so als einen dramatischen Scherz!" Ich sagte ihm natürlich, wie das auf uns gewirkt habe; meinte, es sei vielleicht nur Zaghaftigkeit der Kritiker, die sich nichts auf den Hals ziehen wollten. „Ach nein, nein", sagte er, „sie verstehen es nicht, fühlen es nicht nach, und ich hatte gemeint, es solle einschlagen, einschneiden, und nun stehe ich so vor dem Verleger." Er erzählte mir dann, es sei ihm das besonders arg; der Verleger habe seine Honorarforderung zu hoch gefunden; da habe er ihn voreilig beruhigt, das Buch werde gekauft werden; nun stehe es so und er sei besorgt; der Mann müsse doch zu seinem Gelde kommen!

Nach einiger Zeit erschien dann ein kräftiger verständnißvoller Artikel über Vischers Faust; doch nun zeigte es sich, daß der Redakteur aus dem Fahnenabzuge, der Vischer zugeschickt worden war, die Stellen über den Kul=turkampf streichen zu müssen geglaubt hatte. Vischer sagte: „die Redakteure sind jetzt alle ängstlich, feige, und das kommt von dem Verhalten der preußischen Regierung. Seit sie die Staatsprüfung aufgegeben hat, sind die Katholiken sehr frech geworden. Im „Vom Fels zum Meer" ist neulich nur etwas Komisches gekommen über einen Mönch, gar nichts Schlimmes, nur Scherz, da haben gleich fünf= zehn Abonnenten die Zeitung aufgegeben. Jetzt sitzen die Leute in den Seminarien und saugen eimerweise Gift und Galle ein gegen die Protestanten, und die Enkel werden einen Kulturkampf erleben, der ganz anders aussehen wird als der unsrige".

Kurze Zeit nach diesem Gespräch war es dann doch geschehen, das Buch hatte gepackt, hatte eingeschnitten. Vischer rief mir fröhlich entgegen: „Es giebt eine neue Auflage!" Und nun, da ich dies schreibe, ist schon die vierte da, die Versäumnis ist nachgeholt. Freilich fehlt noch viel, bis man von einem allgemeinen Verständnis reden kann; es ist eben eine gar zu reiche Welt, die diese Blätter umschließen.

In erster Linie ist es allerdings der humorbegabte, spaßverstehende Leser, für den der Dichter geschrieben hat. Wie aber muß sich hier der Kenner der Poesie ergötzen, der Dichter, der sich selber gemüht um Vers und Reim und begriffdeckendes, plastisches, wuchtiges Wort und weiß, was es auf sich hat, die schwebenden Phantasiegestalten sicher und fest und mit beiden Füßen auf den Boden zu stellen, ja auf einen Boden, den er ihnen gar noch selber zimmern muß.

Und dann der Goethe=Verehrer, nicht Vergötterer, wie

wird ihm das Herz aufgehen, wenn er im Nachspiel seinen hohen Liebling in fast überirdischen Klängen preisen hört. Und wie muß es ihn beruhigen, wenn nun ein so unendlich Größerer als er selbst das Geständnis ablegt, welches ihm so schwer über die Lippen gewollt, — daß ihm nämlich trotz aller Verehrung und allem guten Willen und allen Kommentatoren der zweite Teil des Faust unverständlich geblieben sei und nach seiner Meinung allem nicht übergeschnappten Menschenverstande ewig unverständlich bleiben müsse.

Und jene endlich, die von einem Dichterwerk Gesinnungstüchtigkeit verlangen, so wenig sie auch mit der Poesie zu thun haben mag, — sie finden hier vollauf ihre Rechnung; sie und alle Freien im Geist und alle Vaterlandsfreunde, denn hier ist spezifisch deutsche Kraft und deutscher Geist auf das höchste potenziert. Hier wird die tiefste Frage der Menschheit: ob Klarheit oder Geistumnebelung herrschen soll, mit einem Feuer, einer Wucht behandelt, daß wir uns umdonnert hören von Luthers Grimm, von jenem heiligen Zorn, der Luther aus den Klostermauern trieb, daß er um sich sammle, die gleich ihm ihr deutsches Gewissen gerettet und es nicht ertragen konnten, scheinbar gutzuheißen, was sie aus tiefster Seele haßten und verabscheuten. Es ist der Sturm der Reformation, der in diesen Scenen braust, und es thut so wohl, diesen reinigenden Sturm zu fühlen und sich getrost zu sagen: komme, was kommen mag, — nie doch wird es unserm Vaterlande im rechten Augenblick an dem rechten

Manne fehlen, der es mit feuriger Zunge auf den Weg
der Wahrheit und der Gewissenstreue verweist!

Die Komödie Faust von Vischer besteht aus drei
Akten und einem Nachspiel und bildet zugleich eine Fort=
setzung des Goetheschen Faust und eine Satire auf den
zweiten Teil derselben, eine Satire im großen Stil, wie
solche seit den Tagen des Aristophanes nicht wiedergekehrt,
— groß durch den Gegenstand, durch die Art der phan=
tastischen Anschauung, durch die Souveränität des Geistes,
durch die ungeheure Komik und durch die vollendet sichere
Kunst der Behandlung und Sprache.

Aus den zahlreichen Fauststudien des Verfassers wis=
sen wir längst, wie er sich zu dem zweiten Teil verhält.
Er nennt ihn: „das frostige, allegorische, didaktische, tot=
geborene Kind einer welken Phantasie, ein Produkt, das
Goethe der Jüngling und Mann, hätte man es ihm vor=
weisen und sagen können: dieses wirst du einst in deinem
Alter machen, in ungläubigem Zorn an die Wand ge=
schleudert hätte.*) Ein Werk, das Vischer umsomehr ver=
wirft, als es dem ersten Teil unähnlich und unebenbürtig
ist und ihm durch die gedanken= und kritiklose Götzen=
dienerei der Ausleger, die nicht ruhten, bis sie das selt=
same Stück auf die Bühne gebracht, erst recht abgeschmackt
und zum Angriff herausfordernd erscheinen mußte. Der
Kritiker konnte sich mit der Kritik begnügen, der Dichter
nicht. Ihn drängte es, sich von diesem Alb zu befreien,

---

*) Kritische Gänge, 1. Band.

indem er ihn parodierte, satirisierte in Personen, Hand=
lung und Sprache, kurz in allem, was seinen leiden=
schaftlichen Widerspruch hervorrief. Ein Geringerer wäre
nun vielleicht bei der Satire stehen geblieben, aber Satire,
zumal litterarische, ist doch Kunst aus zweiter Hand, auf=
gepfropfte Kunst, und hier war ein Künstler, der nach
voller Bethätigung verlangte. Der immer bereite Humor
seiner Natur hängte sich mit begeistertem Sprung an das
satirische Seil, das eigentlich der Widerwille zusammen=
gedreht hatte, und begann nun seinen Tanz. Und wie
wir bei den Seiltänzern auf das Seil nicht weiter acht
geben, sondern nur auf die Gestalt, die graziös und ver=
wegen darauf hin und wieder schwingt, so ergeht es uns
bei dem Bischerschen Faust. Die Satire ist die Voraus=
setzung, sie ist immer da, aber nicht in ihr steckt die Seele
des Dichters, sondern in dem buntscheckigen Schellenkleide
des Humors, der in freien Luftsprüngen daran auf= und
abwirbelt. So bildet also der Humor, nicht die Satire,
die Grundstimmung des Gedichts, die mit dem Wesen des
Humors völlig vereinbar an gewollter Stelle in den tief=
sten Ernst umschlägt, um in dem Nachspiel am Schluß
in die schönste menschliche Empfindung, die der bewun=
dernden, verehrenden Liebe auszuklingen. Wer daher in
diesem Werk die scharfe, trockene Luft der Kritik zu finden
fürchtet, dem wird eine fröhliche Enttäuschung zu teil; es
ist seltsam, wie äußerst lebendig, anschaulich, natürlich es
hier zugeht, im Gegensatz zu dem zweiten Teil des Faust,
wo wir uns doch noch, teilweise wenigstens, auf Erden be=

finden, und wo zwischen den spukhaften, körperlosen Alle=
gorien die Menschen der Tageswelt, Professor Wagner
und der Baccalaureus, nicht zu vergessen Faust selber, in
Fleisch und Blut umherwandeln. Bischer verfährt umge=
kehrt. Der Boden ist über der Erde, nicht gerade der
Himmel selbst, aber doch ein Vorhimmel, und die auftre=
tenden Personen sind sämtlich Verklärte oder doch wenig=
stens Verstorbene, die hier weitere Prüfungen erwarten.
Außer den Hauptpersonen des zweiten Teils sind aus dem
ersten herübergenommen: Valentin, Gretchens Bruder, dem
hier schon für seinen schmählichen Tod eine Vergütung
zu teil geworden:

> „Er durfte hier am Rand der Himmelshallen
> Für müde Pilger, die zum Gipfel wallen,
> Ein Wirtshaus, eine Brauerei errichten.“

Auch erfahren wir, das damals am Brunnen arg ver=
klatschte Bärbelchen sei seine Liebste gewesen, vor Gram
um ihn gestorben und nun hier droben seine ehrsame Frau
Wirtin geworden. Auch das einst so schmähsüchtige Lies=
chen ist wieder da, aber als gesittete, bekehrte Bildungs=
schwärmerin; sie hat ein vorhimmlisches Töchterpensionat
besucht, und das Resultat ist fast noch vollkommener, als
das bei irdischen Pensionsfräulein erzielte.

> „Ich reiste, machte mein Examen,
> Und als den Faust hierher die Engel nahmen,
> Ward ich als Hausverwalterin,
> Als weise Unterhalterin,
> Als Warnerin, als Mahnerin,

Vollkommenheitsanbahnerin

    Dem Waller nach dem Himmelszelt

    In Gnaden beigesellt."

Faust nämlich, der am Ende des II. Teils gerettet worden, ist damit noch nicht himmelreif, und Mephisto hat noch nicht auf sein Recht ihm gegenüber verzichtet. Als er zum Himmelseingang erhoben ward, ist der posaunen= hafte Ruf erklungen:

    „Es hat nicht ohne Recht

    Der Kritiker Geschlecht,

    Voran der Geist, der stets verneint

    Und stets als ihr Regent erscheint,

    Den scharfen Einwand vorgebracht,

    Der viele Leser stutzig macht,

    Der Geisterwelt präsentes, edles Glied,

    Nicht ganz so strebend hab' es sich bemüht,

    Als nötig, es zu reißen

    Aus Satans Ketten."

Faust soll daher sich noch einer Reihe von Prüfungen unterwerfen, und zwar soll die erste in einem Präzeptor= amt bestehen bei — den seligen Knaben, im Anschluß an Goethes pädagogisch schönen Text:

    „Er überwächst uns schon

    An mächtigen Gliedern,

    Wird treuer Pflege Lohn

    Reichlich erwidern.

    Wir wurden früh entfernt

    Von Lebechören,

Doch dieser hat gelernt,
Er wird uns lehren."

Dazu ist er auf schmale Anachoretenkost gesetzt und darf bei seinen zwar seligen, aber recht lümmelhaft irdischen Schülern, denen er den zweiten Teil Faust erklären muß, den Stock nicht gebrauchen. Die Knaben werden durch Mephisto zu dem ärgsten Schabernack gegen ihren bedauernswerten Lehrer aufgereizt, und Faust ist mehr als einmal nahe daran, sein ewiges Heil zu verscherzen, um der Seligkeit willen, die Buben prügeln zu dürfen, — da rettet ihn Mephisto selbst durch seinen Übereifer, ihm zu schaden.

Nun folgt eine neue, viel ernstere Probe. Die tiefe furchtbare Baßstimme von oben dekretiert:

"Dir reicht das Schicksal jetzt noch einen Bittern:
Noch einmal sollst hinab du zu den Müttern!"

Fausts Entsetzen ist grenzenlos, weshalb die Stimme weiter dekretiert:

"Zu deiner Hilfe soll der Valentin,
Du Hasenfuß, mit dir hinunterziehn!"

und dann noch hinzufügt: drei Prüfungen seien ihm dort verhängt:

"Die erste ist nicht gar zu schwer,
Heiß geht es bei der zweiten her,
Wird Feindesmacht euch überstark,
Stampft! und euch hilft Urlebensmark,
Die dritte ist noch schwerer,
Prüft dich als treuen Lehrer."

Mephisto, als Kaminfeger, zeigt ihnen den Schlot, durch den sie zu den geheimnisvollen Wesen hinabfahren müssen.

Dann beginnt der zweite Akt. Er spielt „bei den Müttern", welche in einem Raum, der kein Raum ist, (siehe Faust II. Teil) an einem steinernen Tische sitzen, — Kaffee trinken und singen! Mephisto, ihr Herr und Schöpfer, der sie, wie wir nun erfahren, einzig Fausts wegen in der Ratlosigkeit

„Aus des Chaos', aus des Ursalats

Nicht angemachtem Teil herausgezwickt"

hat, tritt ein, erzählt ihnen, was mit Faust vorgegangen, und sie beraten, was zu thun sei, um ihn zu schrecken und in die Flucht zu schlagen.

Sie beschließen, noch einmal Helena und Euphorion aus ihrem Magazin hervorzuholen und ins Treffen zu führen, dann aber sollen gefährlichere Popanze folgen, die Mephisto eigenhändig zusammenflickt.

Faust und Valentin treten auf; der Helenaschrecken verfängt nicht mehr, Faust durchschaut ihn und spricht die bedeutungsvollen Worte:

„Fort mit dem Plunder, und zertreten sei

Die thatenfaule Humanisterei!"

Nun aber naht die zweite, heiße Prüfung: eine alle=gorische Darstellung des deutsch=französischen Krieges. Es treten auf: die Gestalt (Napoleon III), ein Mann mit einem Stierkopf und einer Kugelspritze, und ein wilder Löwe (die afrikanischen Truppen). Faust und Valentin

geraten ins Gedränge, da gedenken sie der erhaltenen Wei=
sung, stampfen auf den Boden, und aus der Erde steigt
ein großer Bauer, in den Händen die Sense, wie er eben
von der Heuet kommt. Alle drei greifen die Feinde an
und schlagen sie. Die Prachtgestalt des Bauern versinkt.
Man muß sagen, wenn die allegorischen Figuren so aus=
sehen und auftreten wie diese hier, dann vergißt man die
Allegorie und hat es mit den Personen selbst zu thun
und ganz das Gefühl: da geht es heiß her, das ist der
Krieg, der wirkliche Krieg. Die ungemein packende Schil=
derung Napoleons in Valentins Munde ist ganz unver=
ändert aus der ersten Auflage von 1862 herübergenommen
und verdient um so größere Bewunderung wegen des darin
offenbarten psychologischen Scharfblicks.

Schon glauben sie alles überstanden zu haben, da
ertönt ein näselndes Geplärre:

"Hocus pocus!
Pocus hocus!"

Und heran zieht ein neuer Schrecken, der fürchterlichste
von allen, wohl geschaffen, auch das festeste Herz zu durch=
grausen. Es ist der Schatten Loyolas, als Generalbevoll=
mächtigter der katholischen Kirche, mit seinen Helfern, —
einem großen Bluthunde "dem Hetzkaplan", und einem
kleinen Fuchse, "Schwindelhort" (Windthorst), die Faust zum
Gehorsam und zur Anbetung des Mischmaschs aufrufen,
den ihm ein Knabe in einer Schale entgegenhält, und der
nichts anderes ist, als das katholische Dogma, zusammen=
gesetzt aus den folgenden Ingredienzen:

„Wandmoofe, Mumienrefte aus Ägypten,
Geholt aus Pyramiden, Tempeln, Krypten,
Urheil'ge Jfis= und Ofirismythen,
Aus Syrien Adoniskultusblüten,
Ranunkelwurzel, brand'ger Spelt
Aus Ahrimans finftrer Abgrundswelt,
Blumengebild mit gelber Spitze,
Symbol von Mithras Zipfelmütze,
Tollkirfche, zeugend Schwindeldunft,
Entfproßt fchamanifcher Zauberkunft,
Ein gut Pfund Judaismus,
Ein Quantum Buddhaismus,
Benebft fo mancher fchönen Blume
Aus echt altgriechifchem Heiligtume;
Vom Dienfte der Venus und Here
Manch glänzende duftige Beere,
Samen von römifchen Laren,
Draus wuchfen Heiligenfcharen,
Auch faftige Eichenblätter
Aus Hainen germanifcher Götter,
Auf Wodan weifend, auf Balder, Thor,
Nahrhafte Eicheln findeft du vor. —
Dies alles auf heiligen Flammen
Zu einem Brei gekocht zufammen,
Ergab die Aromatik
Von unferer Dogmatik,
Hat fich gemifcht, durchdrungen und fummiert,
Daß es die Seelen myftifch nebuliert,
Die um fo leichter man dann dominiert.“

Da Faust sich mit Zorn und Efel abwendet, ruft der Schemen seine Helfer herbei, und alle drei stoßen nun die entsetzlichsten Drohungen aus gegen Faust und Valentin, indem sie sich selbst zeichnen:

„Frohlocke nicht, es soll dir nicht behagen!

Von innen aus laß' ich dein Reich zernagen!"
ja, der Schatten ruft endlich, da Faust stark bleibt, „eine Meute rotgestreifter Katzen" (die Anarchisten) herbei, die er charakterisiert:

„Wir wollen alles und sie auch,

So stecken wir in einem Schlauch.

Wir wissen beide nichts von einem Vaterlande,

Den Teufel fragen wir nach seiner Ehr' und Schande!"

Und nun springt das ganze Ungeziefer den beiden auf den Leib. Da werden sie schwach und — wollen einen Kompromiß schließen, statt weiter zu kämpfen.

„Thu ich dir dies, dafür thust du mir jenes,

Ums Schachern ist's im Grund doch etwas Schönes."

In dieser schicksalentscheidenden Minute erdröhnt ein starker Knall, das Gewölbe der Höhle öffnet sich, Licht von oben dringt herein, in der Höhe erscheinen zwei Männer, umgeben von einem Strahlenkreis. Es sind Luther und Lessing. Und nun ertönen Worte voll mannhafter Festig= keit um die Wankenden zu stützen, ertönt eine Fortsetzung des alten Protestantenliedes, die Luther freudig für sein Eigentum ansprechen würde:

„Ein ewigs Gut

Liegt in eurer Hut,

Das ist nicht Wind,
Damit spielen ist Sünd,
Dürft nicht wanken und weichen.
Da nehmt ein Schwert,
Ist Mannshand wert,
Heißt Luthers Herz und Mut
Kräftiglich hauen thut,
Ein gute Wehr und Waffen!"

Valentin ergreift das Schwert, und Mut und Be=
sinnung kehrt ihm zurück.

Dann redet Lessing:

— — — — — — — —

„Als Losung nicht für weiche matte Seelen
Hab' ich der Duldung schönen Ruf gemeint,
Nicht eurer Schonung wollt' ich ihn empfehlen,
Den „Patriarchen", jeder Duldung Feind!
Laßt euch von mir zu bessern Thaten stählen!
Schämt euch! Ich stand allein, ihr seid vereint.
Da nehmt dies Schwert von mir, sein Nam' ist Wahrheit!
Grab aus, wie ich, haut durch und schaffet Klarheit!"

Mit dem Lessingschwerte in der Hand wird auch
Faust wieder er selbst:

„Bin Faust und fühl' es tief und recht:
Wie ich beharrte, wär' ich Knecht.
Ein geistig strebend Volk ist mein,
Todfeind des Wahnes dumpfem Schein,
Dein treuer Hüter will ich sein!"

Vor ihren Schwertern verschwinden die sämtlichen Popanzen.

Wenn man diese Glanzstelle liest, hat man nur den einen Wunsch: könnte ich das aufgeführt sehen! Es müßte von unglaublich packender, durchschüttelnder Wirkung sein. Ich denke mir, ein wahrer Freudensturm würde losbrechen, wenn die beiden Retter erscheinen, wenn Luthers treue Stimme anhebt: „Der alt böse Feind, Mit Ernst er's jetzt meint." — Wie würde das an die Herzen greifen!

Und nun weiter in dem Gang der Handlung. Un= mittelbar auf diesen erschütternden Auftritt folgt eine höchst geistreiche Episode, — da Faust nach dem Siege wie ge= wöhnlich von den guten Geistern angesungen wird:

„Glücklich erstanden!

Selig der Treffliche" u. s. w.
fährt eine Stimme dazwischen und ruft:

„Halt!

Was man zuletzt gesehn,

Als wär' es schon geschehn,

Ist noch nicht factum!

Verbum verwandelt sich,

Merket, es handelt sich

Eigentlich nur um

Futurum

Exactum."

Da sind wir auf einmal wieder auf dem Boden der Wirklichkeit. Faust hat noch nicht gesiegt, der Kultur= kampf ist noch nicht beendet, aber — er wird beendet wor=

den sein, Fauſt wird geſiegt haben, ſo ſpricht der Dichter,
der auf die Zukunft ſeines Volkes baut und in dieſes Futu=
rum exactum ſeine Hoffnung und Zuverſicht hineingelegt hat.

Die Dichter waren ſtets Propheten.

Durch den, obwohl noch nicht abgeſchloſſenen, Kampf
hat nun Fauſt ſo an Kraft gewonnen, daß er jetzt Va=
lentin Mut einflößen kann, ohne Hilfe Mephiſtos den
Rückweg ans Licht zu verſuchen, Mephiſtos, der erſt nötig
war, um mit ſeiner zerſetzenden Kraft allen Schein zu
zerſtören, hinter dem ſich die Wahrheit verbirgt.

Der dritte Akt beginnt mit einer höchſt bedeutſamen
Scene zwiſchen dem Herrn und Mephiſto, die zu den ge=
dankenreichſten und tiefſinnigſten des ganzen Dramas ge=
hört. Mephiſto beſchwert ſich, daß dem Fauſt widerrecht=
lich geholfen werde, da doch der Herr zuvor behauptet,
Fauſt werde durch einen dunklen inneren Drang allein
den rechten Weg finden. Da nun aber der Goetheſche
Fauſt auch ſchon über den einzelnen Menſchen hinausge=
wachſen iſt und die ſtrebende Menſchheit darſtellt, da auch
der Viſcherſche Fauſt ſich zum deutſchen Volksgeiſt erwei=
tert, ſo erwidert der Herr:

„Ihre Kraft (die der Helfer), ſie gilt wie ſeine,
  Denn die Menſchheit, ſie iſt nur Eine.“ —
Verblüfft lacht der Geprellte und ſpricht:
„Nun aber — wird alles ſo enthüllt,
  Wo bleibt dann Geſtalt und Schein und Bild?
  Was wird aus dir?
  Was wird aus mir?

Wo bleibt der Tragödie ganzer Staat
Ohne den mythischen Apparat?

— — — — — — — —

Mit Fausto was soll am Ende geschehn?"

Eine sehr gerechtfertigte Frage, mit der Mephisto
darauf hinweist, daß ein Drama, welches die Entwickelung
darstellt, wie eben der Goethesche Faust, eigentlich gar
nicht zum Abschluß kommen kann, ohne daß man gewalt=
sam ein Ende macht.

„Ist des Bilds Bedeutung herausgehoben,
So ist es verflüchtigt, ist zerstoben,
Drängt es sich dick auch dann noch ein,
So ist es schiefer, konfuser Schein."

Als Antwort darauf die prächtige Notiz: Stimme
des Herrn schweigt lange.

Schon freut sich Mephisto, denn er glaubt, hinter
der dunklen Wolke lachen zu hören, als an Stelle des
Herrn der Erzengel verkündigt:

„— Punktum. Es bleibt dabei,
Faust wird gerettet, er wird frei."

Da er sich aber den Weihrauchwedlern gegenüber schwach
gezeigt, solle er zur Strafe von vier geistlichen Kutten unter
allerlei abgeschmacktem Brimborium hinaufbefördert werden,
und auch er, Mephisto, solle noch einmal sein Mütchen
an ihm kühlen. Damit hängt zusammen, daß Faust nun
wieder in die engere menschliche Individualität zurück=
kehrt: durch eine trockene und eine nasse Prüfung soll er
ganz himmelreif werden, auch soll der Himmel endlich zu

Mephistos Genugthuung sehr mager und übersinnlich sein,
so daß der Gewinn nicht allzugroß ausfalle.

Die nun folgenden Scenen mit den geistlichen Herren
in Studentenmützen, unter ihnen der Pater Ecstaticus, der
noch immer, wie bei Goethe, auf= und abschwebt; der
„Fuchsenstoß“ und der mysteriöse Schluß sind von ausgelas=
senem Humor. Die „trockene“ Prüfung, eine Knetkur hat
Valentin am Faust vorzunehmen; Mephisto macht nur den
Kommandierenden dabei, fährt auch schmählich ab, als er
Valentin durch die Erinnerung an Gretchens Schreckensende
über die Gebühr reizen will. Zornig ruft Valentin aus:

„Du Schandwurm, der die halbe Welt vergiftet.

Du bist's, der jene Thaten angestiftet!“

Und der Teufel ist nun seinen Schlägen gegenüber ebenso
macht= und wehrlos, wie einst Valentin seinem Degen
gegenüber vor Gretchens Thür.

Die Fuchsentaufe, welche die geistlichen Herren am
Faust vollziehen wollen, wird gröblich unterbrochen durch
Mephisto, der den Boden einsinken läßt, so daß Faust in
das äußerst Nasse gerät und in den gehäuften Fluten fast
ersäuft wird. Prächtig sind die Verse, in denen sich Me=
phisto auch als Herrn des Wassers berühmt:

„Aus der Tiefe kommt das Feuer,

Aus der Tiefe kommt die Quelle;

Mein Geschmack am Abenteuer

Scherzt auch gerne mit der Welle,

Spritzet Islands Wasserspeier

Aus des Schlundes Felsenschwelle,

Schüttelt Meere bis zum Grunde,
Daß sie bellen wie grimme Hunde,
Schleudert Ströme hoch von oben
In den Abgrund, daß sie toben,
Am Gestein empor sich bäumen,
Daß sie wütend im Zerschäumen
Wimmern, ächzen, schreien, brüllen,
Bebend Herz mit Schauer füllen."

Die verschiedensten Wasserschwärmer, philosophische, wissen=
schaftliche und selbst medizinische überschütten Faust mit
ihren feuchten Gaben, eine Karikierung der vielen geologi=
schen Anspielungen im zweiten Teil, weshalb Dr. Marianus
den Faust nach dem Sturzbade auch unter folgenden Aus=
rufungen umarmt:

„Kleinlich mechanisch war die erste Kur,
War noch nicht makrokosmischer Natur,
Der Mikrokosmus=Mensch muß dem Planeten gleichen,
Durchwalkt vom Wasser erst Gestalt erreichen —".

— — — — — — — —

Komm an mein Herz, Granit,
Sprenklicher Syenit,
Küsse den Gottesschalt,
Muschel= und Jurakalk,
Eocän, miocän, pliocän!
Alles hast du gesehn,
Alles ist dir geschehn! u. s. w.

Vorher aber hat Mephisto sich an seinen eigenen Waffen
verwundet; er hat gegen das Gebot das Feuer eingeschmug=

gelt in das Wasserbad, in Form von gebranntem Wasser
nämlich. Monsieur Homunculus, der auch noch immer
schwebt und nicht „werden“ kann, riecht den „Geist“, das
heißt „Weingeist“ und zerbricht an der Tonne, deren In=
halt sich entzündet und den Mephisto verbrüht, denn das
Böse ist ja auch treulos und schlägt seinen eigenen Herrn.
Nach dieser abermaligen Schlappe verschwindet der Teufel
aus dem Stück unter folgender sehr verständlicher Be=
merkung:

> „Jetzt geh ich fort zu edlen Männern,
> Zu junkerlichen Fuselbrennern,
> Und fördre mir zum Rachefest
> Als ihr Genoß die Branntweinpest;
> Die Steuer darf man nicht erhöhn,
> Der Reingewinn ist gar zu schön“.

Faust ist nun endlich würdig, des Welträtsels Lösung zu
erfahren, zu schauen — dem zweiten Teil des Faust ent=
sprechend in allegorischer Gestalt, und Vischers Parodie
entsprechend in der allerspaßhaftesten Allegorie.

Ein ungeheurer Stiefelknecht, zu beiden Seiten je
ein Stiefel und eine Gruppe von fünf Hühneraugen ent=
schleiert sich den ehrfurchtsvoll erstaunten Blicken. Die
Idee des ganzen Dramas: „die Entwickelung“ steht vor
ihnen; denn der weichsohlige Mensch bedarf zum Vorwärts=
kommen der Stiefel, aber die Stiefel beengen und pressen
ebensosehr wie sie stützen. Der Druck verdichtet sich zu
schmerzenden Hühneraugen, und nun kommt der Stiefel=
knecht als Erlöser und schleudert mit revolutionärer Kraft

die Bedrücker bei Seite, bis von der Notwendigkeit gefor=
dert, die Stiefel wieder angezogen werden müssen und
das Spiel von vorn wieder beginnt — Natur — Kultur
— Überkultur — Revolution — Natur und so in in=
finitum.

Da nun Goethe im zweiten Teil des Faust sich geradezu
bemüht hat, immer mehr das Gebiet des realen Lebens zu
verlassen und lauter Abstrakta in loser Bilderumhüllung
hinzustellen, ja auch die Idee des ganzen Dramas immer
abstrakter zu entwickeln, so zeigt uns Vischer hier in er=
götzlicher Übertreibung, wohin man gelangen kann, wenn
man auf die bloße Darstellung einer Idee losgeht und statt
der tiefen eingeborenen Symbolik der Dinge, die so alt
ist wie die ältesten Sagen des Menschengeschlechtes und
darum jedem geläufig ist, sich einer willkürlichen Symbol=
bildnerei bedient, wo „schlechterdings Alles Alles bedeuten
kann". Ja Vischer geht in der komischen Übertrumpfung
noch weiter. Hinter der Idee der Entwickelung steht ja
noch die Idee an sich, das Absolute, also auch das muß
noch her. „Über dem Stiefelknecht erscheint e i n e g r o ß e
N u l l und spricht im allertiefsten Baß:

„Euch Bilder jetzt verschling ich wie ein Nero;
      Das Absolute ist das reine Zero"
und zu dieser Null schweben nun Faust, Lieschen und die
Patres empor, unter dem andächtigen Gesange des Dr.
Marianus:

„Empor nun, ganzes Auditorium!
      Aufschwingt euch zum Emporium,

Allwo unbeschnipfelt

Die Idee sich gipfelt,

Wo das I sich tüpfelt,

Wo der Weltbaum wipfelt,

Wo die Weltwurst zipfelt!"

Die tolle Komik dieses Schlusses steckt besonders in dem Kontrast zwischen der Feierlichkeit der Anbetenden und dem abgeschmackten Gegenstande ihrer Anbetung.

Vischer ist aber bei diesem komischen Schluß nicht stehen geblieben, und wir danken ihm dafür. Seine Dichterphantasie mochte sich wohl selbst im Scherz gegen die große leere Null am Weltende empören, und so hat er noch ein herrliches Nachspiel geschaffen, durch das wir die tröstliche Vorstellung gewinnen, es sei jene große Null auch nur ein Durchgangspunkt gewesen und kein Ende — nur ein Vexierbild, gemalt auf einen Vorhang vor der himmlischen Welt, die abermals eine Welt der Formen und Farben und vor allem eine Welt des Strebens ist. In dieser erquicklichen Auflösung steckt der ganze Vischer. Wenn der Mensch auf Erden schon seine höchste Befrie= digung im Streben findet, wenn die Lösung des Welt= rätsels Entwicklung heißt, wie wäre ein Himmel der Seligen denkbar, wie könnte ein Himmel Seligkeit gewähren, in welchem die Ruhe an Stelle des Strebens getreten wäre. Wenn der höchste menschliche Genuß, der der Kunst, an die Sinne gebunden ist, wie könnte uns ein Himmel beglücken, in welchem nur die Urideen spazieren gehen! Von der bunten Erde in solch einen Himmel kommen, das

wäre, als wenn uns angeboten würde, statt eines vollen=
deten Kunstwerks, das Gehirn des Künstlers zu beschauen,
das Arbeiten unter der Schädeldecke zu sehen, und diesen
Blick in die mystische Werkstätte der noch ungeborenen
Meisterwerke für das Schönere zu halten.

Aber die Entwicklung dieses Gedankens, so sehr sie
dem Meister auch am Herzen liegen mochte, ist nicht der
Hauptzweck des wunderschönen Nachspiels. Dasselbe hat
mit dem Faust als Person überhaupt nicht viel mehr zu
thun, sondern geht den Faust als Dichterwerk an, und ist
in erster Linie gegen die „Deutungswüteriche", die abge=
schmackten Faust=Kommentatoren gerichtet. Die Scene ist
abermals in Valentins Brauerei. Eine Schar von Gästen
langt an; es sind „die sich an Goethes Faust zu Tode
erklärt habenden Erklärer", welche sich in zwei Lager schei=
den, das der „Sinnhuber" und das der „Stoffhuber", die
hier auf dem Wege nach oben von einem dritten Teil Faust
erfahren haben und verblüfft, aber doch gefaßt, über das
dunkle rätselwimmelnde Werk hier mitsammen eine vorbe=
ratende Sitzung abhalten wollen. Diese Sitzung, sowie
die ganze Charakteristik der litterarischen Topfgucker ist
wieder eine neue Überraschung. Wie ist doch der Dichter
überall daheim, wo es zu schildern gilt, auch in der plat=
testen Wirklichkeit! Diese dünkelhaften, lächerlichen, ein=
ander überschreienden und an Gesuchtheit übertrotzenden
Geheimnußknacker sind so drastisch hingestellt, daß man
gleich mitten unter ihnen zu sein glaubt und alle vor sich
erblickt: den atemschnappenden Präsidenten, der zwischen

den beiden um den Vorrang streitenden Parteien nicht zu
Worte kommen kann und mit Bärbelchens Kuhschelle vergeblich Sturm läutet — die zwei fremden Eindringlinge
(auch Sinnhuber ihres Zeichens), der Engländer Mr. Wedge
und der Hamburger Steinzänger, die weniger ihrer hirn-
verbrannten Auslegereien wegen, als aus „Corpsgeist" von
den Andern geknebelt und eingesperrt werden — und endlich die zwei guten, einfältigklugen Zuhörer und Zuschauer
der „gelehrten Beratung", Valentin und sein Bärbelchen,
die zuletzt, da das Wortgezänk in einen Kampf mit Bier-
seideln übergeht, fröhlich ihr Hausrecht gebrauchen und die
ganze Papageienschar höchst unparteiisch einen nach dem
andern zur Thür hinauswerfen.

„Ein alter Herr", der diesem Auftritt schon eine
Zeit lang durchs Fenster zugeschaut, lacht kräftig und tritt
ein. Es ist kein geringerer als Goethe selbst; und hier
beginnt der zweite Teil des Nachspiels, der so großartig
und rührend zugleich ist, daß man mit Bestimmtheit sagen
kann, dieser Schluß wird auch jene aufs tiefste ergreifen
und erschüttern, denen für den grandiosen Humor das
Verständnis fehlt.

Zu dem hohen Gast in Valentins Wirtshause gesellt
sich nämlich nach kurzer Zeit ein „Unbekannter"; er erkennt,
daß sein Tischgenosse Goethe ist, bekennt sich selbst als
Verfasser des dritten Teils des Faust und versucht, sich zu
rechtfertigen und den Erzürnten zu versöhnen. Es ist unmöglich, den Ton, die Stimmung zu schildern, der in
diesem Gespräche herrscht. So menschlich schön und doch

so hoch über der Erde und allen menschlichen Schranken,
so ganz wie im Lande der Seligen erklingt die Rede.
Wie dann „der Unbekannte" von Goethe an Goethe appel=
liert, wie er gegen den zweiten Teil des Faust die Werke
seiner höchsten Kraft und Vollendung sich zu Hilfe ruft,
wie er — des hohen Gastes Gegenwart vergessend — in
einen begeisterten Lobgesang auf Goethe ausbricht — das
muß man lesen und immer wieder lesen, um all der Poesie,
allem Schwung und aller lieblichen Zartheit dieser unver=
gleichlichen Scene gerecht zu werden. Es überkommt einen
ein Heimweh dabei: ja das wäre doch das Paradies, wo
man so miteinander reden dürfte und solche Worte dazu
fände!

> „Es schwebten Feen
> Aus seligen Höhn
> Und sangen um deine Wiege.
> Ein himmlisches Rosenlicht
> Umschwamm des Kindes Löckchen und Stirn.
> Seliger Knabe du,
> Hauchten segnend die Geisterstimmen,
> Seliger Knabe du,
> Einst wer dein Lied vernimmt,
> Dem werde es wohl, der werde froh,
> Leicht, leichter rinne sein Blut! —
> Als Gott erschaffen die Welt,
> Da sah er an, was er hatte gemacht,
> Und siehe da, es war sehr gut.
> Also sehn wir mit deinen Augen

Luft und Erde und Baum und Tier
Und der Menschen gute Geschlechter,
Ein solcher Goldglanz zittert um alles,
Was da ist —".

Und nun die wunderherrliche Stelle auf die Kerkerscene im ersten Teil des Faust:

"Lasset in Flammen alles vergehn,
Was sie geschaffen, die Meisterhand,
Lasset den Namen selbst vergessen,
Aber die Blätter gerettet sein,
Die wenigen, die dies Bild entrollen:
Wie? so werden die Enkel fragen,
Wer ist der Geist, der namenlose?
Wer vermag mit so sichrer Hand
Aus des Lebens und aus der Seele
Tiefen zu schöpfen und zu holen,
Wer mit so ungeschminktem Bild
Jegliches Herz in seinem geheimsten
Marke zu packen und zu schütteln!"

Goethe zwar, und wie könnte es anders sein, läßt sich versöhnen, aber plötzlich bricht Mephisto samt seinen Schreckgestalten aus dem zweiten Akt hervor, — die geist=lichen Kutten (es sind auch einige evangelische Kirchenröcke darunter), der Hund, der Fuchs, die Katzen packen den ihnen gefährlichen Wahrheitsfreund, und eine Philisterschar hilft, ihn in das Fegfeuer werfen. Es werden diejenigen sein, die nicht sein Werk, nur den Titel desselben gelesen

haben, der ihnen Grund genug scheint, um das „pietät=
lose" Buch unbesehen zu verdammen. Einen Augenblick
wird es uns bang und weh um unsern Dichter, der hier
mit so klaren Augen sein eigenes Schicksal vor sich sieht.
Aber Goethe, der das letzte Wort hat, spricht es aus, daß
er bei einer „Frau von wunderbarem Glanz", bei der
„Nachwelt" ein Wörtchen für ihn einlegen wolle, wann
es Zeit sei.

Unter den Personen tritt neben Faust besonders der
Valentin hervor; er wird geradezu eine Neuschöpfung
genannt werden müssen. Eine Kraft= und Saftfigur, der
„weiland Landsknecht=Korporal Valentin, jetzo bürgerlicher
halbgeläuterter Brauerei= und Wirtschaftseigentümer am
Vorhimmel", — derb, unerschrocken, gründlich naiv, dabei
ebenso gutherzig wie prügelfertig und prügellustig, ein
Kerl, der sich sehr gut neben Goethes Valentin sehen las=
sen darf; am wenigsten von allen Personen karikiert,
voraussichtlich der Liebling aller Leser, und wie mir scheint,
auch der des Verfassers. Er bildet einen höchst erquick=
lichen Gegensatz zu Fausts feingesitteter Zaghaftigkeit, und
sein Bittgesuch an den mystischen Stiefelknecht, bei dem
es ihm doch gar zu wenig „gehopft und gemalzt" vor=
kommt, ist ganz in der Natur des Biederen, der befürchtet,
daß es schwerlich

„Auf der Verklärung überird'schen Hügeln
Mitunter doch noch jemand durchzuprügeln"
geben werde.

In Lieschen ist dem Valentin eine sehr drollige Kon=

trastfigur gegenübergestellt, gleichfalls vollkommene Erfindung des Dichters. Sie, die Seelengouvernante, hat in
tantenhafter Vorsicht Faust vor der Verrohung und Ver-
wilderung zu bewahren, die er vielleicht im engen Umgang
mit Valentin, dem Mann aus dem Volke, annehmen
könnte. Ihre verhimmelnde Art, sich auszudrücken, ist
unbeschreiblich komisch. Dazu fehlen auch der „Vollkommenheitsanbahnerin" die kleinen Menschlichkeiten nicht.
Wie schalkhaft ist die Stelle, wo Faust zu Lieschens
Entsetzen vor den Hexen der Walpurgisnacht nicht genü-
genden Abscheu kundthut, sondern so tief zurückfällt, zu
behaupten, es seien „reizend schlanke" darunter gewesen, und
nun Lieschen mit einem „Blick in den Spiegel" erwidert:
„O Faust, sei jetzt doch mehr für das Gesetzte!"
    Die Notiz „mit einem Blick in den Spiegel" ist
eine wundernette Schelmerei, die uns die ganze wohl-
häbige Persönlichkeit der „Bildungsdame" mit ihrer nicht
unangenehmen Koketterie sogleich vor die Augen stellt.
Mephisto hat hier die falsche Diener- und Helferrolle aufgegeben und erscheint als erklärter Feind und dämonischer
Quälgeist. Auch ist er, dem mehr possenhaften Charakter
dieses dritten Teils entsprechend, weniger kompliziert als der
Goethesche Teufel, doch zeigt er von Zeit zu Zeit sich
auch hier ganz als der scharfe, nicht zu düpierende Dia-
lektiker, so in dem Gespräch mit dem Herrn.
    Am stärksten karikiert ist Faust selber, denn an ihm,
wie er im II. Teil erscheint, hatte ja Vischer am meisten
auszusetzen: seine Schwäche, seine ganze „thatenfaule Hu-

manisterei" sollte ja vor allem persifliert werden. Aber
er wächst vor unseren Augen an Willensstärke und Mut.
Seine Angst vor den geheimnisvollen „Müttern" verwan=
delt sich in Thatenlust bei den immer schwereren Proben.
Faust wird zur Personifikation des deutschen Volksgeistes,
der deutsch=französische Krieg, die Aufrichtung des Reichs
erscheinen als sein Werk. Diese hochpathetischen Episoden
finden in Goethes Drama nirgends ihresgleichen, weil
Goethe zwei Bedingungen dafür fehlten: zuerst der ge=
waltige Umschwung in der deutschen Geschichte, dann aber
auch der historische Sinn, denn wenn sein Genie nach die=
ser Seite gelegen, hätte er auch aus der unerhörten Be=
geisterung der Freiheitskriege die Anregung schöpfen können
zum Hereinziehen wahrhaft großer historischer Motive in
den zweiten Theil des Faust. Freilich hatte Goethe auch
wohl zuviel von dem gesehen, was nachher kam; der
II. Teil ist ja erst 1831 vollendet worden.

Die Sprache dieses merkwürdigen Gedichts wäre eigent=
lich ein Studium für sich. Sie ist dem reichen Inhalt
gleich an sprudelnder Fülle, an Frische und plastischer
Kraft, an Präzision und Humor. Bald braust die Rede
wie ein Wildbach dahin, bald plaudert sie wie ein behag=
liches Brunnenrohr; bald schmiegt sie sich wie weiches
Wachs in die zierlichsten Blütenformen, bald schweißt sie
der Dichter, als wäre sie trotziges Eisen. Welch ein Mei=
ster der Rede und des Verses! Die Sprache ist ganz im
Fluß und gehorcht jedem leisen Druck der Stimmung.
Wie das rollt und läuft! Wie das ohr= und mundgerecht

ist im höchsten Maße, wie sich das trefflich lesen, vorlesen läßt, selbst ohne Vorbereitung. Die tonfordernden Silben und Wörter sind so weise verteilt, daß die Stimme sie treffen m u ß.

Und nun die wunderbaren Wortbildungen, die Schnör= telungen und Drechselungen, ganz als habe er den ur= sprünglichen Wortkörper auf der Drehbank und schneide das geforderte Versglied daraus zurecht, oder er leime die Teile aneinander nach Bedürfnis, ein Verfahren, mit dem zuerst wohl nur Goethes manierierter Altersstil verspottet werden sollte, bis sich wieder unbemerkt der Satiriker in dem phantastischen Sprachkünstler verlor. Es ist ein wah= res Schwelgen in grottesken Adjektiven, in malenden Ver= ben, der überschäumende Witz verschmäht die hergebrachten Formen und sprudelt nun so hervor in einer eigenen, buntscheckigen Wörterpracht, die schon für das Auge einen starken Lachreiz hat, wievielmehr für das Ohr. Das meiste an solchen lustigen Sprachbildern liefern die Gesänge der guten Geister, die sofort bei der Hand sind, wenn Faust eine Prüfung bestanden oder auch nur überstanden hat, was dann auch in dem einschränkenden Schluß jedes= mal angemerkt wird. Das starke Hervortreten des lyri= schen Elements im Goetheschen Faust, die Zärtlichkeit des Dichters für seinen Helden boten die beiden Henkel, an denen er diese langen komischen Rollschwänze aufhängte, die sich so graziös um den kleinen Endpunkt wickeln, — so toll es klingt, immer klingt es g e w o l l t, nie ge= zwungen.

Auch sein Wortreichtum ist merkwürdig. Vischer hat viele schwäbische Dialektwörter aufgenommen, die der Sprache etwas besonders Intimes, Naives, Körniges geben und ihm auch zu vielen neuen Reimen verholfen haben. Gerade für die Hans Sachs-Strophe, deren er sich fast durchgängig bedient (wie Goethe auch), eignen sich diese trefflichen plastischen Verben, an denen das Schwäbische besonders reich ist. Es wäre ein Gewinn zu nennen, wenn sich diese saftstrotzenden Wörter in unserem Deutsch einbürgerten; unserer immer blutloser werdenden Schriftsprache wäre eine solche Auffrischung durch Transfusion aus dem kräftigen Körper der Dialekte sehr zu wünschen.

Noch müssen die zahlreichen hochinteressanten Ein- und Ausfälle, die Anspielungen auf Kunstrichtungen, politische Tagesereignisse, allgemeine Unarten u. s. w. hervorgehoben werden, die uns beweisen, wie sehr der Dichter inmitten der Zeit, der Gegenwart lebt und wie er, derb oder zierlich, immer den Nagel auf den Kopf trifft.

Auch die vielen Citate, zum größten Teil parodiert, einige aber unverändert und die komischen Situationen mit dem höchsten Pathos begleitend, sind ein prickelnder Reiz. So wirkt es z. B. besonders närrisch, wenn Faust, im Begriff die ungezogenen seligen Knaben zu prügeln, innehält, um in die Worte Macbeths auszubrechen: „Wär' es gethan, wenn es gethan ist" — und Lieschen dann als umgekehrte Lady Macbeth zur Geduld ermahnt.

Daß man freilich auch einen hohen Genuß an dem Ganzen haben kann, ohne sich auf Deutungen oder kritische

Untersuchungen einzulassen, ist ganz unbestreitbar und ist ja eben das Hauptverdienst dieser Komödie vor dem angegriffenen II. Teil des Faust. Aber die eingehende Betrachtung erhöht und vertieft das Interesse. Wir lesen die Frösche des Aristophanes ganz anders, wenn wir Äschylos und Euripides aus ihren eigenen Werken kennen und mit einem selbständigen, fertigen Urteil über sie an das des Satirikers herantreten.

Gelegentlich der Partien im Faust über die „Roten" sagte mir Vischer einmal: „Es ist ein Unglück für uns, daß wir in Deutschland keine reine, d. h. unbescholtene Opposition haben. Aus Richters Munde ist noch nie irgend ein hohes, schwungvolles, bedeutendes Wort über den Staat und Staatsbürgerpflicht hervorgegangen." Dann sprach er über die Heiligkeit und Ewigkeit des Staats und kam so auf die Staatsform: „Ja," sagte er, „Monarchie muß sein, es geht schwerlich anders, — aber weil's doch nur ein Muß ist, dann auch ganz ohne Sentimentalität für die Person, die an der Spitze steht." —

Im Februar 1886 gab uns Vischer ein sehr spaßhaftes Büchlein, das aber nicht im Buchhandel erscheinen sollte, sondern nur für die Familie und gute Freunde gedruckt war, ein Sonettenkranz, betitelt: „Die erste Kunstschöpfung der Enkelin, in Sonetten verherrlicht vom Großvater." Die Entstehung war die folgende: das Lorle, die einzige kleine Enkelin Vischers war einmal, 4½ jährig, aufgefordert worden, irgend eine menschliche Figur zu zeichnen und hatte ein ihrem Alter entsprechendes Kunstwerk zu stande gebracht. (Die herrliche Zeichnung, in Lichtdruck, ist dem Büchlein vorgeheftet.) Aus der „Haltung" der Gestalt folgerte der Großvater, daß sie wahrscheinlich eine „Himmelfahrt Mariä" darstellen solle und preist nun in den Sonnetten die ideale Auffassung der Künstlerin, die einem Tizian weit überlegen sei. Eine Probe wird das am besten illustrieren:

„Und nun das Antlitz! Wie die Worte fügen,
Die Zeichensprache solchen Stils zu loben!
Das Stoffliche, auch hier ist es zerstoben,
Erscheint nur kaum in feinen Griffelzügen.
Senkrechter Strich als Nase muß genügen:
Zu riechen giebt's ja doch nichts mehr dort oben,
Dem Eßtrieb dient ja dies Organ, dem groben!
Dort ißt man nicht! der Künstler soll nicht lügen!
Der Mund — begreif es aus demselben Grunde,
Daß es im Jenseits nichts mehr giebt zu essen,
Und hüte dich zu lächeln und zu spotten!
Von idealen Räumen giebt er Kunde:
Weil da zu Tische nicht mehr wird gegessen,
Ist er zum bloßen Querstrich eingesotten."

Vischer las mir etwa die Hälfte dieser „Hanswurstereien" vor, wie er sie selbst nannte; wir lachten uns beide Thränen dabei, er und ich. Der reine zwecklose Spaß — wie fühlte er sich so wohl darin, und wie ansteckend war dies Wohlgefühl, selbst ohne meine natürliche Verwandtschaft in dieser Richtung. Nachher sagte er mir: „Ja, nun sehen Sie, jetzt habe ich das Kind ironisiert, und nun ironisiert das Kind mich). Es scheint ein plastisches Talent sich da zu entwickeln. Die Kleine hat ein Klümpchen Wachs bekommen von den Weihnachtslichtern, und da setzt sich das Ding hin und knetet Figürchen daraus und zwar mit einem staunenswerten Geschick: ein Kind auf einem Schemel sitzend, einen Jäger mit seinem Hündchen und noch allerlei. Mein Sohn versteht sich auf solche Dinge und war ganz überrascht davon." Er zeigte mir dann einige der kleinen Sachen, ein liegendes Reh, ein spielendes Kätzchen, die eine ganz merkwürdige Naturbeobachtung bewiesen; er hatte seine große Freude daran. Ich aber mußte gleich denken, daß doch der Peter Vischer, der große Erzgießer, unseres Vischers Vorvater gewesen. Wer weiß, wozu sich dies Kind entwickeln wird! Es wäre eigentümlich, wenn es aus der Ironie Ernst machte. Das letzte der Sonnette klingt fast wie eine Prophezeiung wider Willen.

Im Anfang des Jahrs 1887 gab er mir die dem Professor Zeller zu seinem Jubiläum gewidmete Schrift und den ihm bestimmten philosophischen Aufsatz: „Über das Symbol". „Die Widmung wird Ihnen besser gefallen," sagte er, „mit der Abhandlung bin ich selbst gar nicht zufrieden; ich habe unterbrochen gearbeitet, und der logische Zusammenhang ist nicht straff und fest genug." Er sprach dann über allerlei Religionssymbole, besonders über „das Essen als Symbol der Aneignung." Er sagte: „die Puppe des Schmetterlings ist ein Symbol der Auferstehung, der Unsterblichkeit. Zufällig wird sie nicht als Religionssymbol verehrt; wäre dies aber der Fall, so bin ich überzeugt, daß nach dem Prinzip der Aneignung es Gebrauch wäre, Puppen zu fressen, um damit den Stoff der Unsterblichkeit in sich hineinzukriegen. Wenn in einigen wilden Stämmen der Indianer die Sitte herrscht, einen besonders verdienstvollen Mann zu fressen, so daß dieser sich sehr in acht nehmen muß, — ihn zu fressen, um sich seine Tugenden anzueignen, so ist das genau unser Abendmahl, ganz dasselbe."

Im Frühjahr ward dann das herrliche Festspiel zur Uhlandsfeier gedichtet, dessen Inhalt er mir auch im voraus erzählte. „Es ist von einer gewissen klassischen Einfachheit," sagte er lachend, „aber vielleicht wirkt es dennoch." Dies wunderschöne Gedicht hat er zum größtenteil seinem Sohne diktiert, der gerade in Stuttgart war. Im übrigen diktierte er nie. Ich habe ihn oft dringend gefragt, ob ich mich ihm nicht nützlich machen dürfe, da ihn der Augenkatarrh sehr störte. Dann aber sagte er immer: „Diktieren kann i net! Wenn da jemand mit gespitzter Feder wartet, da fällt mir grad' nex ein; und zum Kopieren würd' ich Sie nie degradieren." Wenn Vischer sich recht behaglich fühlte, humoristisch aufgelegt war, sprach er mit uns Norddeutschen schwäbisch.

Sehr schwer war es immer, mit Vischer von dem Eindruck seiner Dichtungen und seiner Vorträge zu reden. Er wehrte sogleich ab. Doch erzählte er mir manchmal von allerlei störenden Eigentümlichkeiten anderer Redner, an denen er aber gelernt hatte, wie man es nicht machen soll. So von dem italienischen Professor in Zürich, dem späteren Minister De Sanctis, der in einer Vorlesung über Petrarca ein Sonett las und dazu malende Gebärden machte; wenn er las „deine strahlenden Augen" deutete er mit dem Zeigefinger ganze Strahlenbündel an, die aus den Augen hervorschossen; wenn er las: „dein süßes Lächeln," fuhr er sich um den zum Kusse gerundeten Mund, wenn er las von „der innersten Seele" öffnete er vorn seinen Rock und blickte verzückt in sein gestärktes Vorhemd. Dabei kam die Rede auch auf Lübke, der in Stuttgart maßlose Angriffe erlebt hatte und weggegangen war. „Ich trete immer für Lübke ein," sagte Vischer, „ein Leben voll Arbeit darf man so nicht vernichten. Es wird ihm vorgeworfen, er sei kein Selbstdenker gewesen; es hat ihm aber wohl besonders geschadet, daß er auch eigene Ge= danken so gleichgültig vorgebracht hat, als wäre seine Seele nicht dabei. Ich habe einen andern sehr tüchtigen Professor gekannt, dessen Vorträge nur deshalb nicht wirkten, weil er ein ewiges stereotypes Verlegenheitslächeln auf dem Gesicht hatte bei allem, was er sagte."

Kurz nach dem ersten Besuch fragte mich Vischer, ob ich denn auch seinen Artikel „die Leiden des Buch= staben R auf seiner Wanderung durch Teutschland" kenne. Ich verneinte in aller Unschuld. Da gab er ihn mir und lachte etwas anzüglich. Beim Lesen ergriff mich tiefe Ver= blüffung, da ich wohl einsah, daß ich das R so gut schleifte wie alle Hamburger. Ich gab mir nun redlich Mühe, den Fehler abzulegen, auch ist's mir jetzt so ziemlich gelungen. Als ich ihm das erstemal ein paar ordentliche Zungen=R vorrollte, war er ganz zufrieden und deklamierte lachend:

„Welche Wonne muß es sein,

Retter einer Seele sein!"

Mit den Schauspielern war er auch selten einver=
standen, aber noch aus andern Gründen: „Sie haben
immer einen gewissen Nebenton, das ist der Theaterton,
die Bühnenresonnanz, als ob die Kulissen mitklingen; es
ist ja so mit dem Pathos bei uns Deutschen nichts Rechtes,
es ist uns nicht natürlich; und die zarten Töne und Laute
gehen schon deshalb verloren, weil der Schauspieler so
laut sprechen muß, um verständlich zu sein." Ein ander=
mal sagte er: „Die Schauspieler haben es im Instinkt,
denn eigentliches Verständnis besitzen sie doch nicht, die
Besten nicht. Man merkt das, sowie man mit ihnen ver=
kehrt; dieser merkwürdige Instinkt leitet sie, und darüber
hinaus können sie nichts."

Als Böcklins neues Bild, die Pietà, ausgestellt war,
sagte er uns sehr interessante Dinge. Er fand seinen
Liebling hier auf einem Irrwege. Er verwarf überhaupt
die religiösen Stoffe für die Gegenwart. „Das war gut
zu malen, als es ganz in der Luft lag; jetzt liegt es nicht
mehr in der Luft, jetzt ist es gemacht. Und dann, —
die jetzigen Künstler fassen alle diese Bilder koloristisch und
geben so allen diesen Vorgängen die volle Wahrheit des
Lebens. Nun muß man aber doch bedenken, daß es sich
um Mythus handelt, um Religionsmärchen und Sagen,
und das mag ich nun nicht so in Lebensfarben vorgestellt
sehen. Das gehört nicht so. Da ist die schwungvolle

Zeichnung mit leiſer Farbengebung, die gewiſſe Trans=
parenz, meine ich, mehr am Platz, und ſo haben es die
Italiener des 14. und 15. Jahrhunderts auch gemacht
und gemeint. Wenn ich ſo einen ſchön anatomiſch be=
obachteten Leichnam Chriſti ſehe, mit allen Muskeln und
Zubehör, dann fällt mir erſt recht gleich ein, daß der doch
gewiß nicht Gottes Sohn geweſen, denn wozu hätte ein
Gott ſolche Muskeln nötig gehabt, und dann bin ich heraus
aus dem Mythus und kalt, und kann die Verzückung der
übrigen Perſonen mit kühlem Blick betrachten.“

Dann ſprach er von dem Verhältnis der Maler zu
den Kunſtkritikern und ſagte, das Buch von Hoff in Karls=
ruhe „Künſtler und Kunſtkritiker“ habe die Maler auf einen
furchtbaren Holzweg geleitet. „Seitdem ſind ſie arg ver=
laſſert! Sie ſehen uns über die Achſel an, ſorgen nicht,
ſich eine allgemeine Bildung und Durchbildung anzueignen,
ſondern verlaſſen ſich auf den ‚heiligen Inſtinkt‘ und die
Mache.“

Gegen den Ankauf religiöſer Bilder ſtimmte er zu=
meiſt — manchmal aber, ſagte er, „giebt es auch noch
andere Geſichtspunkte als die äſthetiſchen, die den An=
kauf eines Bildes unmöglich machen. Vor Jahren war
hier ein Bild eingeſandt worden von Matejko, das ein
vortreffliches genannt werden konnte. Es war eine ſehr
lebhafte Verſammlung polniſcher Würdenträger, treffliche
Charakterköpfe, und viel Bewegung und Feuer. Aber
niemand wußte zuerſt, was das Bild bedeuten ſolle, und
als man dann genauer nachſah, war es eine Verſamm=

lung von Polen, die ein Bündniß gegen Deutschland be=
schwören. Na, das kann man doch nicht kaufen, denn das
Publikum wird doch auch erst nicht wissen, was es ist, und
wenn es nachher die Bedeutung erfährt, was für ein Gesicht
soll es dann dazu machen? Ich riet also entschieden ab,
und es wurde nicht gekauft. Nachher kam das Bild nach
Berlin; die Berliner Künstler wollten durchaus, es solle
angekauft werden; das muß aber in letzter Instanz vom
Kaiser bewilligt sein; nun also, als der Kaiser erfuhr,
was es darstelle, schlug er gleichfalls, obgleich ihm das
Bild an sich gefallen hatte, den Ankauf ab.“

Oft sprach Vischer auch davon, wie übel die Kultur
auf die menschliche Gestalt gewirkt habe, so daß sie ganz
unmalerisch geworden sei: „Das Einzige, was man noch
malen kann, ist solch Volk, das eigentlich außerhalb des
Gesetzes steht, Vagabunden, reisende Musikanten, oder
Kesselflicker und Zigeuner. Die andern Menschen sind
durch die Kultur zusammengeschnurrt. Es ist nicht anders:
Arbeit schadet der Wohlgestalt.“

Als ich das erste Exemplar meiner Novellen bekam,
brachte ich es Vischer. Er wünschte mir so herzlich Glück
dazu, — dann sprach er viel mit mir über das Wesen
der Novellistik. „Die Meisten,“ sagte er, „geben noch
immer eine Analyse des Menschen, statt ihn uns in seinen
Handlungen zu zeigen; selbst Mörike hat das zuweilen
gethan. Der Dichter soll nur vergegenwärtigen, nichts
erklären, nichts begründen und nichts lehren, und lehrhaft
ist all die andere Art.“ Ich sagte, ja, die Meisten hätten

sich vorgesetzt, irgend ein **Problem** zu lösen in der Novelle. „Problem, jawohl," erwiderte er, „schon das Wort ist gefährlich und bezeichnet, daß hier kein Kunst= werk mehr geplant ist, sondern eine psychologisch = philo= sophische Untersuchung. Das alles ist didaktisch. Halten wir uns an den Aristoteles, der sagt, der Dichter solle baldmöglichst einen Mann vorführen, der statt seiner das Wort ergreife." — „Aber das schließt nicht aus, daß man in der ersten Person erzählen kann, nicht wahr? — „O nein," sagte er, ‚der Dichter maskiert sich ja fortwährend, und das soll er, das ist sein Recht; denn natürlich sind ja doch alle Personen er selbst, wenigstens die Wiedergabe der Welt aus seinem Innern; aber er soll nicht sein wirk= liches Ich vordrängen, das uns garnichts angeht." Ich sagte: „Wenn man nun aber die Andern immer tief= einschneidende Fragen entwickeln sieht, wird man da nicht irre an der Darstellung des Geringen und Bescheidenen?" — „Nein," sagte er, „das braucht Sie nicht irre zu machen. Das kleinste Genrebild mit Liebe und Vertiefung von einem Künstler gemalt, ist ein Kunstwerk, das hilft ihm nicht. Denken Sie an Mieris, an Terbourg, an das reizende Genrebild: „Der Verweis des Vaters", wo der Vater der schönen Tochter mit dem Finger droht; und was ist es? Sie hat vielleicht zuviel getanzt, oder eine Liebschaft angefangen, oder es ist irgend ein ganz kleiner novellistischer Kern da, und trotzdem ist es ein Stück Leben, und damit ist sein Wert bewiesen. Um noch wieder auf das Problem zurückzukommen, — sehen Sie, eine Geschichte kann nichts weiter sein, als z. B. die Darstellung eines Mordes und kann uns in allen Tiefen aufwühlen. Der Dichter wird gewiß nichts beweisen wollen dadurch, er wird nicht sagen wollen, der Mord sei kein Verbrechen, aber wie kann er uns erschüttern!" Nun fing ich an, ihm meine halbfertige Novelle „die Last" zu erzählen, und er hörte mit solchem Anteil zu, half mir nach mit allerlei kleinen Andeutungen, daß mir plötzlich alles wie von einem Blitz erhellt vor Augen stand, und es mir schien, als habe ich die Novelle erst eben jetzt erdacht. „Es ist ein rauher Stoff für eine Frau," sagte er, „aber ich hoffe, es wird Ihnen gelingen."

So oft ich dann nachher zu ihm kam, immer er= kundigte er sich zuerst nach dieser Arbeit, sagte dann aber selbst: „Nein, ich darf es nicht beschreien, das ist nicht gut, sagen Sie mir lieber nichts mehr davon im voraus." Wie unendlich aber hat mir dieser Anteil geholfen! Als ich dann fertig war und einen herrlichen Brief von Paul Heyse bekommen hatte, lief ich gleich hin, um ihn zu zeigen. Noch ein Besuch war da; Vischer las den Brief laut vor, gratulierte mir und reichte mir ganz besonders herzlich die Hand. Der Brief, sagte er, freue ihn erstens an und für sich als ein sehr schöner, freundlicher und wohlgemeinter Brief von Heyse, zweitens freue er ihn für mich, weil ich dadurch einen großen Schritt weiter geför= dert werde, und endlich freue es ihn auch, daß er, Vischer, recht behalten, da er mir schon vor Jahren in Hamburg dasselbe Horoskop gestellt habe.

Als ich ihm später die fertige gedruckte Novelle brachte, hatte ich das Glück seiner vollen Zustimmung. Er lobte die ganze Zuspitzung zur Katastrophe; dann die Kontrast= figur zur Gesa, die Male, die so gut am Platz sei nach= her, weil sie etwas von dem Mord gesehen habe; dann den Haushalt des Jäck; dann „den armen Arbeiter selbst, mit dem er das größte Mitgefühl habe, denn er hätte in seiner Lage den Kerl, den Jäck, ganz gewiß auch totgeschla= gen." — „Und das Mordbewußtsein, die ganze Stimmung, das ist nun aus dem ff". Ich war so glücklich über sein Lob, daß ich weinen mußte, antworten konnte ich nichts.

Ebenso war er voll Interesse, wenn man eine Reise in Aussicht hatte. Wie geschäftig holte er seine Karten und Pläne herbei, zeigte uns gute Partien, interessante Wege, wie lebhaft riet er uns, doch so bald wie möglich nach Venedig zu gehen. „Weil es ein Unicum ist und doch niemand weiß, wie lang er lebt." Und als wir dann von dort zurückkamen, wie munter rief er uns schon ent= gegen, sowie wir in die Thür traten: „Nun, sind Sie in Italien gewesen? Ja? O da setzen Sie sich und er= zählen Sie!" Und nun mußten wir die ganze Reise von Anfang an beschreiben, und er fragte überall, wie wir es dort oder dort gehabt hätten, und was wir zu dem oder dem gesagt, und als dann von Venedig die Rede war, wurde er ganz verklärt und sagte: „Ja, ich bin zehnmal dort gewesen, ich bin dort wie zu Hause. Café Quadri? Café Svizzero? Aber nur vier Tage? Zu wenig, zu wenig! Nun, das holen Sie bald nach! Haben Sie den

schönen Palma Vecchio gesehen? Natürlich! Und den
Dogenpalast! und die Rialtobrücke! und den Fischmarkt?
Und wo haben Sie gewohnt, damit ich mir gleich ein Bild
davon machen kann! Nicht wahr, die Gondolieri sind
brave Bursche? Der Markusplatz war schöner, glänzender
unter der österreichischen Herrschaft mit all den schmucken
Uniformen; aber natürlich bin ich gut italienisch gesinnt.
Wissen Sie, was ich nur bedaure ist, daß ich nicht mit
Ihnen dagewesen bin, um Sie zu führen, Ihnen Zeit zu
sparen, und weil ich so bekannt dort bin, Ihnen vielleicht
doch auch noch manches zu zeigen, was Sie sonst nicht
gefunden haben! Wenn Sie aber mit mir gewesen, da
hätten Sie auch mit in eine echt italienische Trattoria
müssen, das hätte Ihnen nicht geholfen! Nun, vielleicht
doch noch einmal!"

Diese Lebensfreude ist uns nicht zu teil geworden,
und Vischer ist auch nie mehr nach Venedig gekommen.
Er war aber auf dem Wege dorthin, als er erkrankte und
der Tod ihn abrief, auf dem Weg zu seiner alten Liebe
Venetia, ein wehmütig schöner Schluß für eine so treue,
lebenslange Liebe.

Mit Betrübnis hörten wir dann seinen Reisebericht;
es war ihm nicht sehr gut gegangen, schlechtes Wetter hatte
ihn verstimmt, doch war er mit Sohn und Schwiegertochter zusammen gewesen. Seine launige Erzählung machte
uns lachen über die Kur in Mergentheim, die er zum
Schluß der Saison gegen einen lästigen Magenkatarrh versucht hatte. "Sie hat mir so übel gethan, daß ich mich

jetzt von der Kur kurieren muß. Jetzt hat der Arzt eine
Milchdiät vorgeschrieben, ich sehe mich mit Ärger zum
Säugling degradiert. Besonders die Tasse Kaffee vor dem
Vortrag hat mir immer gut gethan und ich entbehre sie
ungern." Die Klage über das „arme Mägle" hörte man
zuweilen von ihm; es hatte seine ursprünglich vortrefflich
starke Konstitution bei der schlechten Kost in der Schweiz
Schaden gelitten. Er erzählte uns Schauerdinge von dem
Gasthofessen in Zürich, das er elf Jahre lang hatte schlucken
müssen. „Wanns Birnschnitz gab, so waren die Birnen
nicht geschält; die Bohnen wurden nie entfasert, so daß sie
zusammenhingen wie eine verstrobelte Perrücke; als ich
einmal ein Erbsengemüse fallen ließ, sprangen die Erbsen
auf dem Boden herum mit Geprassel, so hart waren sie.
Ich hab dann auch oft laut darüber geschimpft. Da hat
einmal einer im Wirtshaus anzüglich gesagt: es sei doch
wunderlich, daß ein Professor der Ästhetik so viel übers
Essen spreche. Da bin ich aber wild worden und hab
geschrieen: ‚Wenn euer Winkelried geahnt hätt', daß ihr
nach vierhundert Jahren noch net amal a Wurst stopfen
könntet, da hätt ers wohl bleiben lassen, und sich gewiß
net in die östreichischen Speere gestürzt! Und von der
Kunst würdet ihr auch einen andern Verstand haben, wenn
ihr nicht von so einem rauhen, ungeputzten Bohnenfutter
herkämet.'" Solche ergötzliche Invektiven nannte Vischer
sein „Löwengebrüll" und erzählte mit Genugthuung, daß
es ihm schon manche gute Dienste geleistet. Ich kann mir
das wohl denken; wer nur ein bißchen Spaß versteht, muß

ja lachen, wenn er solche Übertreibungen hört, die in lautem Zorneston herausgeschnaubt werden; und wenn er lacht, ist er entwaffnet. Wer aber keinen Humor hat, nimmt das „Löwengebrüll" für ernst und springt erschrocken bei Seite, ist also auch unschädlich gemacht. So wurde es einmal in Anwendung gebracht gegen eine unverschämte junge Amerikanerin, die ihr Klavier Wand an Wand gegen seinen Schreibtisch gestellt hatte in der Nebenwohnung und ihn durch rücksichtsloses Geklimper fast zur Verzweiflung brachte. Höfliche Vorstellungen bei der Wirtin jener Dame blieben ohne Erfolg. Die biedere Majorin antwortete ihm lakonisch: „Ja, ich muß auch dabei stricken!" Eine freundliche Bitte an die Übelthäterin selbst wurde mit den schnöden Worten aufgenommen: er möge doch ausziehen, wenn er die Musik nicht hören könne. Vischer wohnte seit vierzehn Jahren in dem Hause, bei der Fremden handelte es sich um einige Wochen Aufenthalt in Stuttgart. Da griff er zum letzten Mittel. Er erhob die Stimme und ließ ein so „fürchterliches Löwengebrüll" los, wie er mir selbst erzählte, daß die unbescheidene junge Dame die Fassung verlor, aus dem Zimmer entfloh und schon am nächsten Tage die Wohnung räumte. — Musik störte ihn immer, wie alle, die Denkarbeit haben. Er sagte: „Ist das Spiel gut, so muß man hinhören und wird natürlich aus dem feinen Zusammenhang in der Arbeit herausgerissen; ist das Spiel schlecht, so muß man auch hinhören, weil man sich ärgert, daß es so schlecht ist."

Auch in Italien hat er sich zuweilen durch den furor

teutonicus geholfen. Er behauptete, die Angst vor diesem
furor stecke den Italienern im Blut noch von den Cimbern
und Teutonen her. „In Neapel ward ich einmal von
einem ganzen Trupp Fremdenführer umlagert; sie ließen
sich nicht abweisen, sondern liefen mir straßenweit nach.
Ich ließ die Kerle traben; da klatschte ein kleines Mädchen
an einem Fenster in die Hände und lachte über unsern
Zug. Jetzt ward mirs zu bunt; ich kehrte mich blitzschnell
um, faßte meinen Stock fest und hieb wie blind und toll
auf die Lästigen ein; im Nu rannten sie unter großem
Geschrei auseinander, und ich ging allein und lachend
weiter. — Ein andermal kam ich spät Abends in Neapel
an, nahm zwei Packträger und wanderte von Hotel zu
Hotel, ohne irgendwo ein Zimmer frei zu finden. Die Träger
brummten schon, denn es war nach Mitternacht. Zuletzt
erhielt ich in einem Gasthof noch ein schlechtes Logis, fünf
Stock hoch; der müde Hausknecht, der es mir gezeigt hatte,
verschwand sogleich wieder, in dem ganzen Hause regte sich
nichts mehr. Ich gab den Trägern, hohen kräftigen Burschen,
mit denen ich mich da oben ganz allein befand, einen ent=
sprechenden Lohn, da sie so lang mit mir hatten laufen
müssen. Da schleudert der eine Kerl das aufgezählte Geld
geradeso vom Tisch und ruft, das sei zu wenig, und beide
stellen sich in drohender Haltung vor mich hin. Hätte ich
nur im geringsten Furcht gezeigt, wer weiß, was geschehen
wäre; ich thue also, als ob ich furchtbar wütend werde,
rolle die Augen, beiße die Zähne aufeinander und fange
so an zu zittern, daß ich den Tisch umwerfe, dann thue

ich einen Satz auf die Kerle zu. Da hätten Sie sehen sollen, wie sie zurückwichen, sich nach dem Gelde bückten, Entschuldigungen stammelten und sogleich hinaus und die Treppe hinunterliefen.“ Dies gelegentliche Auftreten als Verserker war ihm selber höchst vergnüglich, und wie lustig war es, ihn sich in solchen Abenteuern zu denken.

Einmal war er gar selbst für einen Briganten gehalten worden! In Calabrien, auf einsamem Gebirgspfad dahinwandernd, traf er auf einen Bauern, knüpfte ein kurzes Gespräch mit ihm an und fragte, ob sich in dieser Gegend noch Räuber aufhielten. Der Bauer verneinte, plötzlich aber starrte er Vischer bedenklich an, musterte seinen großen weichen Filzhut, den Dolch im Gürtel, bekreuzte sich und sprang in großen Sätzen wie ein Hase davon. Vischer als Räuber! Man mußte ihn das erzählen hören! — Wenn er seinen Einhart sterben läßt im Kampf mit einem rohen Tierquäler, so war das ein Geschick, das ihn selbst leicht hätte treffen können. Zumal in Italien, wo es mit der Mißhandlung der Zug- und Reittiere so unverbesserlich arg ist, hat er ein paarmal einen Vetturin, der auf Ermahnungen nicht hörte, mit Faustschlägen traktiert. Es wurde selbst zum Messer gegriffen, doch rettete ihn sein Mut, vor dem sich der rohe Feigling beugte. Vischer war eben ein durch und durch streitbarer Mann; — wo Worte nicht fruchteten, da trat er mit seiner tapferen Hand ein. Männliche Übungen, Fechten, Reiten, Schießen freuten ihn, und er war darin Meister. Doch schoß er nur nach der Scheibe; er liebte die Tiere zu sehr, um an der Jagd

Geschmack finden zu können. Diese Liebe, dies Hinein=
fühlen in die Tierwelt äußerte sich oft bei bloßen Wetter=
fragen. Einmal, da es im Frühsommer anhaltend regnete,
war es mir rührend, wie er klagte: „Das ist jetzt der
Tod unzähliger junger Vögel, besonders der Schwalben;
die Schwalbe lebt ja nur von fliegenden Insekten; jetzt
kann sie nicht heraus, und die Brut verhungert im Nest."
Die Schwalbe war ihm ein Lieblingsvogel, wie einst den
Griechen. Er fand in der eigentümlich starren, strengen
Körperform etwas ausgesprochen Südliches; „der Süden
hat diese scharfen, ausgeprägten Formen auch in den Baum=
blättern," sagte er, „er ist durchweg plastisch."

Sehr interessant war es mir, was er über den Föhn
sagte (dessen Namen in Schwaben erst durch ihn bräuch=
lich geworden). Er sagte: „Ich glaube immer, Föhn
entsteht nicht über der Erde, sondern ist Elektrizität aus
dem Erdkern. Es will mir da niemand beistimmen, aber
wer weiß, ob nicht spätere Forschungen mir recht geben
werden. Ich habe gesehen, wie der Föhn ganz gesondert
in abgeschlossenen Thälern plötzlich ausbrach, und immer
schien es dann aus dem Boden aufzusteigen, schwefelig
und dunstig, und erst später sich den oberen Luftschichten
mitzuteilen." —

Eine große Freude war es ihm allemal, wenn sein
einziger Sohn Robert ihn besuchte. Wenn wir zu ihm
gingen und ihn besonders belebt oder heiter fanden, so
wurde gewiß der Sohn erwartet oder war schon einge=
troffen. Seine Zärtlichkeit offenbarte sich in der Art, wie

wie er uns dann von ihm sprach: „Denken Sie, als ich gestern Abend beim Friedel sitze, in meiner Kneip', auf einmal kommt der Bu da herein." Ein andermal begrüßte er uns mit dem Zuruf: „Mein Sohn ist da, mein Christkindle!" (Es war kurz nach Weihnachten.) Und wie niedergeschlagen war der Vater, als es dem Sohn in Aachen, wo er eben die Professur angetreten, so wenig gefiel! „Der mopst sich arg," erzählte er uns, „die Bevölkerung besteht aus 40 000 Fabrikarbeitern und Arbeiterinnen und den Besitzern dieser Fabriken, Sie können sich denken!"

Wenn Vischers Geburtstag auf einen vortragfreien Tag fiel, entfloh er gern den Gratulanten und ging nach Ludwigsburg, seiner Geburtsstadt, besuchte die alten Spielplätze seiner Jugend, die breiten einsamen Alleen und das Grab seines Vaters. Einst sagte er, an jenem Grabe stehend, einem alten vertrauten Freund: „Hier kannst mich auch einmal besuchen;" er hatte also wohl geglaubt, er werde dort einst seinen Ruheplatz finden.

Während er dann so abwesend war, schmückten die Freunde sein stilles Zimmer mit Blumen, sein Geburtstag fällt ja in die schöne Rosenzeit. Es war mir aber immer traurig zu Mute, wie von beängstigender Vorahnung, wenn ich so in das leere Zimmer trat: ach, kommt er auch wieder!? Und die gute Rike wischte sich die Augen: „So ein Geburtstag ist mir immer traurig, der Herr Professor wird heut achtundsiebenzig, da denkt man immer, wie lange noch?" Ich sah mich um in dem bescheidenen und doch so wohnlichen Raume; durch das

herabgelassene grüne Rouleau fiel die Sonne über den
blumenbedeckten Tisch und den weißgescheuerten Boden,
aber es war alles so aufgeräumt, keine aufgeschlagenen
Bücher auf dem Schreibtisch oder auf dem alten Stehpult
daneben, die Pfeifen und Zigarrenspitzen leer und kalt
neben dem Schreibtisch aufgereiht, keine warmen Tabaks=
wolken in der Luft, die schönen Kupferstiche an den Wän=
den blickten verlassen drein, und Vischers treuherziges frisches
Knabenbildnis mit dem kecken Näsle und dem blonden
Strohdach, von der Simanowitz gemalt, schien mit fragen=
den Augen sich umzuschauen: „wo bist du geblieben, mein
Ich, mein altgewordenes Ich?"

Still hängten wir unseren Rosenkranz über seinen
schlichten Schreibstuhl mit dem hölzernen Sitz, — streichel=
ten das Angorakätzchen, das aufgestanden war und sich
schnurrend an unsere Kleider drückte, und dachten an den
Tag. da es hier leer bleiben würde — für immer. Und
während wir so hinausschlichen, erzählte uns die Alte von
ihm, von seinen Gewohnheiten und von seiner Güte; wie
er ihrer kranken Schwester Fleischextrakt zur Stärkung ge=
kauft, aber sie hab' keinen Glauben daran; und wie er,
wenn ein Zirkus oder Affentheater in Stuttgart sei, auch
allemal an ihre Neffen und Nichten denke und den Kin=
dern Geld zum Billet schicke. Und wie hart er gegen sich
sei: „der Herr Professor nimmt auch im Winter die leichte
Deck' da, höchstens zwei Monat die dickere Federdecke. Ich
hab' ihn gebeten, als es im Frühjahr noch so arg kalt
war, ob ich nicht die dickere herthun sollt', da sagt der

Herr Professor: ‚Nein, nein, so darf man sich nicht ver=
weichlichen!' Und wie eiskaltes Wasser der Herr jeden
Morgen gebrauche, und pünktlich sei er wie eine Uhr, und
so müsse man auch bei ihm sein. Wenn sie morgens das
frische Wasser vor seine Schlafzimmerthür stelle und auf
ihr Klopfen nicht gleich ‚ja' gerufen werde, da sei es ihr
so arg angst, ob es dem Herrn auch wohl sei. Und ein=
mal hab' er gegen den Magenkatarrh eine Medizin be=
kommen, da hab' er nachmittags fort und fort geschlafen,
auf seinem Sofa, denn ins Bett leg' er sich nie über
Tag, und wenn's ihm noch so schlecht wär'; da sei sie auf
das viele Schlafen hin so ängstlich geworden, daß sie heim=
lich den Hausarzt gefragt, ob's auch kein böses Zeichen
sei; da hab' sie aber erfahren, daß die Medizin etwas
Morphium enthalte und das Schlafen recht sei. Da sei
sie froh gewesen." — Ein bekanntes Sprichwort behauptet,
kein großer Mann sei groß vor seinem Kammerdiener.
Um so schlimmer für beide; denn die Schuld wird wohl
zumeist an den Kammerdienern liegen. Aber es giebt ja
auch große Männer, die ihre Größe umnehmen wie einen
Feiertagsmantel, wenn sie unter die Leute gehen und sich
zu Hause mit sehr dürftiger Toilette begnügen. — Daß
ein so hoher und vornehmer Geist wie Vischer von einem
so einfachen Menschenkinde, wie die Rike, geliebt und ver=
ehrt worden, wie nur je ein Herr von seinem Diener, das
zeigt uns, wie ganz aus einem Guß dieser Mann war.
Sie begriff, daß er anders war als andere Menschen, und
konnte ihm soweit folgen, daß sie seine scheinbaren Wun=

derlichkeiten gerechtfertigt fand. Sein hochentwickelter Sinn
für das Zweckmäßige in äußerlichen Dingen leuchtete ihr
ein und ging in gewisser Art auf sie über. „Wenn ich
dem Herrn Professor das Essen bringe, da will er gleich
dran gehen, und wenn's nun zu heiß ist, so verbrennt er
sich den Mund," erzählte sie uns. „Da bring' ich ihm
sei' Supp' immer etwas abgekühlt, er will doch nicht lang'
hinsitzen und blasen." Ebenso getreulich richtete sie die
Strümpfe des Herrn mit Rücksicht für seine Hühneraugen
ein. Hühneraugen, diese „infame Erfindung der Natur",
wie er sie nannte, plagten ihn oft. Da zeichnete er denn
mit farbigem Stift ein Quadrat auf den wollenen Strumpf,
und Rike schnitt es heraus und nähte dafür einen Leinen=
fleck hin, damit alle Reibung und Reizung der empfind=
lichen Stelle vermieden werde. Und das geschah nicht
bloß aus Gehorsam, sondern aus Überzeugung. — Er
hatte sie auch gelehrt, die Fußmatte in einige Entfernung
vor die Hausthür zu legen, „sonst stößt man ja den Kopf
an," sagt der Herr Professor, „wann man sich die Stiefel
reinigt." — Ganz eigentümlich aber berührte es mich, als
die vernünftige Rike bei der Erzählung von einem schwe=
ren Unglück mit Fassung sagte: „Ja, das ist nun Schicksal,
da kann man nichts machen." Es waren Vischer abge=
lauschte Worte; aber man sah, daß sie innig empfinde, was
sie sagte. So war sein erziehender und erhebender Ein=
fluß bis tief in alle Verhältnisse hinein fühlbar. Aber
das war, weil er eben alle Verhältnisse tiefer faßte als
andere Menschen. Es war ihm ein peinlicher Gedanke,

daß die treue Dienerin so oft tagelang keinen Menschen
sehe, und er hatte sich deshalb täglich eine bestimmte Zeit
vorbehalten, in der er mit ihr plauderte. Er besann sich
auf Themata dazu, sie mußte erzählen, was sie in der
Zeitung gelesen, und in diesem menschenfreundlichen Thun
ließ er sich selbst nicht durch die Schwerhörigkeit der
Dienerin stören. Sie aber fühlte sich „als Mensch behan=
delt," wie sie sagte, und war gehoben und stolz, ihrem
Herrn wert und nützlich zu sein. —

Es kam ein Tag, wo das heimelige Zimmer für immer
leer blieb, wo der arme Xanthos mit fragendem Gewinsel
an uns aufsprang und wir ihm keine Antwort wußten.
Ich saß auf dem gewohnten Sofaplatz, aber es war Abend,
kein Licht, — ich starrte ins Dunkel, und draußen schluchzte
die Rike: „Wenn ich den Herrn nur auch noch hätte
pflegen dürfen; ich hätt' ja gern die letzte Kraft anwen=
den wollen! wenn ich ihm nur noch die letzte Ehr' hätt'
erweisen dürfen!"

Es wurde viel geweint damals; nun sind es bald
zwei Jahre, aber die Thränen über sein Scheiden sind
noch nicht getrocknet. Auch die der Dienerin nicht. Die
Zähren der Armen und Geringen, denen er wohlgethan,
mit seiner offenen Hand, mehr noch mit seinem weichen,
aus dem Herzen kommenden Wort — sie sind ein schöner
Reif in der Ehrenkrone des Menschen Friedrich Vischer.

Dritter Abschnitt.

Vischer in der Geselligkeit. — Achtzigster Geburtstag. — Ende.

~~~~~~

Ohne Empfehlungsbriefe, ohne Freunde waren wir nach Stuttgart gekommen, wäre nicht Vischer gewesen und hätte sich unsrer so fürsorglich herzlich angenommen, wir hätten nach jahrelangem Aufenthalt wieder fortziehen kön= nen, ohne eigentliche Stuttgarter Gesellschaft kennen gelernt zu haben.

Ich will hier nicht neu auftischen, was oft gegen die schwäbische Ausschließlichkeit gesagt worden ist. Ich halte dafür, daß es überall bei uns so ziemlich gleich da= mit steht, im Norden wie im Süden. Wir sind kein ge= selliges Volk, wie die Romanen; wir begnügen uns zu wenig mit dem angenehmen Schein; wir möchten Freund= schaft, und dazu braucht es Zeit. Und unsere germanische Stachelschweinshaut befördert das gegenseitige Kennenlernen auch nicht gerade! Diese „Hülle" ist vielleicht in Schwa= ben noch etwas borstiger als anderswo; die Formen mögen in andern größeren Städten leichter und schneller vom Zugereisten durchbrochen werden, aber bis zum Kern durch= dringen, sich wohl und warm und wahrhaft willkommen finden, — das gelingt wahrscheinlich in Stuttgart noch besser als sonstwo, und dann ist man aufgehoben und zu

Hause und braucht keine Sinnesänderung und keinen Ab=
fall zu fürchten, wenn man selbst treu bleibt.

Und diese Stuttgarter Gesellschaft hat einen eigenen
Zauber, einen anheimelnden Reiz und bei aller Bescheiden=
heit der äußeren Lebensformen einen geistigen Grundbesitz,
wie vielleicht keine Gesellschaft der größeren Städte. Es
ist eine erlauchte Gesellschaft, denn zu ihr gehören außer
den lebenden die toten Dichter und Gelehrten, die das
kleine Württemberg, das an Hirnmasse so schwer wiegt,
in unserem Jahrhundert hervorgebracht: Uhland, Kerner,
Schwab, Mörike, Auerbach, Hegel, Strauß; — man kennt
und versteht sie intimer, hier wo sie gelebt; kennt sie nicht
nur aus ihren Werten, sondern aus ihrem persönlichen
Wirken, aus ihren Reden, vielen kleinen Zügen, denn man
ist ja sogar verwandt gewesen, durch Drittenkindsbande
oder Gegenschwäherschaft wenigstens, oder die Väter waren
befreundet von der Stiftlerzeit her, oder sie waren in der
gleichen Promotion, oder sie haben doch zusammen eine
Wirtschaft abends besucht und einen Wein getrunken.

Man lebt etwas langsamer hier, als draußen in der
Welt; man ist nicht so schnell tot; gestorben sein, heißt
noch nicht: vergessen sein. Für den Draußenstehenden mag
das etwas Verträumtes, Unwirkliches haben, drinnen aber
fühlt man sich bald mit eingesponnen von dem Reseda=
duft der Erinnerung; und es ist auch keine Sentimentalität
in diesem Vergangenheitskult: man gedenkt der Verstorbenen
ebensogern mit Lachen, wie mit Wehmut, der Humor des
schwäbischen Wesens und eine stark kritische Ader schützen

vor dem Zerschmelzen und Zerfließen. „Das würde ihn
jetzt auch freuen, daß er uns noch so lachen macht,“
hört man nicht selten, wenn man irgend eine komische
Anekdote von einem erzählt, der einst mit im Kreise saß
und komische Anekdoten erzählte!

Die Frauen, die konservativere Hälfte des Menschen=
geschlechts, sind hier natürlich in einer ihnen ganz zusagen=
den Rolle; man wird nicht leicht so viele wahrhaft durch=
gebildete, feinempfindende, ausgezeichnete Frauen antreffen,
wie eben dort, in dem Kreise, in den Vischer uns einführte.

Vischers Tag war strenge geregelt. Der Morgen
gehörte zumeist seinem eigenen Schaffen, Briefen und Be=
suchern. Um halb 1 Uhr aß er sein einfaches Mahl, bei
dem nur Hund und Katze ihm Gesellschaft leisteten. Da=
nach schlief er ein Weilchen auf dem Sofa; dann ging
er etwa eine Stunde spazieren, meistens in der Stadt, in
der Königsstraße, wo er ganz wie ein anderer Mensch die
Schaufenster beguckte, besonders auch Modestudien machte
für etwelche neue Philippika. Viermal die Woche hatte er
Kolleg zu lesen; an solchen Tagen gehörte die Zeit bis 5
Uhr der Vorbereitung hierfür. An den freien Tagen aber
pflegte er der Geselligkeit in seinem Kreise und trank den
Kaffee bei den Freunden, man saß und plauderte bis 7 oder
halb 8 Uhr. Im Sommer nahm er dann oft noch ein
kaltes Bad vor dem Nachtessen; dann ward noch wieder ge=
arbeitet, meist Dichterisches, und etwa um 9 Uhr, oft noch
später, begab er sich in seine Wirtschaft, zum Schmandt
oder Feil, traf dort mit Freunden zusammen und plauderte,

saß aber auch oft unter den jungen Polytechnikern, zuweilen
ganz allein und trank sein Bier. Unter den Schülern war
er dann nicht der gestrenge Professor, sondern ein Freund;
er schien jung und harmlos wie sie, scherzte mit ihnen, machte
Witze und ließ sie lachen, und doch floß manch beherzigens=
wertes kernhaftes Wort mit ein. Seine Liebe zur Jugend,
sein Glaube an die Jugend war der Grund für ein so seltenes
und schönes gegenseitiges Verständnis. Denn diese Herab=
lassung ward von den Jungen doch als große Ehre empfun=
den, und bei der Feier seines achtzigsten Geburtstags zeigte
sichs recht, wie begeistert und bewundernd sie an ihrem
teuren Lehrer hingen. — Fand sich keine passende Gesell=
schaft, so saß er auch wohl ganz allein und hing seinen
Gedanken nach. Da mochte ihn dann zuweilen jene Stim=
mung überkommen, aus der heraus jenes schöne, herz=
rührende Gedicht „Gesellschaft" entstanden ist, eins seiner
letzten, wo die Freunde alle wieder mit ihm am Tische
sitzen und die fröhlichen Burschenlieder singen; das Gedicht
schließt mit dem Wehlaut:

„Lebt keiner mehr! sind Alle tot!"

Das Schicksal des Langlebenden, Überlebenden redet be=
weglich aus diesen Versen.

In die Nachmittagsunterhaltung nun, in die „Vischer=
kaffees" wurden wir durch Vischers freundliche Vermittlung
eingeladen. Eines Tags sagte er uns, es wäre doch nett,
wenn wir auch zu der Frau Doktorin Notter kämen, der
Witwe des ausgezeichneten Gelehrten, Dante=Übersetzers und
Dichters Friedrich Notter, der im Jahre zuvor gestorben

war. Er sagte uns, wie gern er selbst dorthin gehe, wie
er seit vielen Jahren Freund des Hauses sei und fragte
uns, ob wir Lust hätten zu kommen, wenn die Dame uns
einlade, übrigens könnten wir auch ganz wohl mit ihm
hingehen. Kurz darauf erhielten wir eine Einladung in
das gastliche Rottersche Haus. Die Notiz: „Professor
Vischer hat sein Kommen zugesagt", welche beigefügt war,
versetzte uns in die freudigste Stimmung.

Eine schwarzgekleidete zarte kleine Dame mit einem
unendlich feinen weißen rundlichen Kindergesichtchen bewill=
kommnete uns; es war die Frau vom Hause, Vischers
Freundin; sie war als junge Frau ein ideal schönes, elfen=
haftes Wesen; nun hatte sie viel Weh erlitten, aber eine
seltene Lieblichkeit und Güte war ihr geblieben. „Diese
Frau hat etwas Holdseliges," sagte uns Vischer, „und das
Alter hat es ihr nicht geraubt." Das Zimmer, in das
wir geführt wurden, war voller Bilder und Büsten, Kupfer=
stichen und Familienporträts von der Simanowitz, Büsten
von Dante und Homer. Die Kaffeemaschine brodelte; die
Schwester der Wirtin, ihr ähnlich, nur derber und älter,
mit großen schwarzen Augen machte die Honneurs beim
Einschenken. Ein bequemer Lehnstuhl für Vischer, mit dem
Rücken gegen das sonnige Fenster gekehrt, war schon bereit
gestellt; eine Anzahl Gesichter, uns schon bekannt aus den
Vorlesungen, begrüßte uns freundlich. Bald trat Vischer
ein, Xanthos schoß ihm voraus und umsprang uns wedelnd.
An der Art der scherzhaften und vertraulichen Begrüßung,
und wie Vischer dann sich in den Stuhl warf und ver-

gnügt um sich blickte, merkten wir, wie sehr er hier zu
Hause sei. Die liebenswürdige Anspruchslosigkeit der Wirtin,
die nur, wenn einmal die Unterhaltung stockte, einen kleinen
Anstoß gab durch eine Frage, damit sie weiter rolle, und
die durch ihre bloße Gegenwart am Tische doch so wohl=
thuend wirkte, der humoristische Ton der Unterhaltung, das
gegenseitige Interesse für die Worte des Andern, endlich
die Gesittung und Rücksicht im Gespräch, wo es kein
Zwischenhineinfahren, kein rohes Unterbrechen und keine
lästige Sonderunterhaltung gab, all das machte einen so
behaglichen und harmonischen Eindruck, daß man sich hier
wirklich in einer „besseren Welt" fühlte. Und nun Vischer
selbst! Seine Munterkeit, sein Witz, die Fülle und Frische,
die er hier entwickelte, hatte etwas Hinreißendes, Zündendes!
Es sprühte nur so! Man konnte nur immer horchen, nur
sein Mienenspiel beobachten, nur immer sich freuen, daß
man so neben ihm sitzen, so mit ihm plaudern dürfe.

Vischers griechische Reise 1840 wurde erwähnt, und
nun baten wir ihn, uns etwas daraus zu erzählen.
Vischer war dort mit einem Professor Göttling; „ein
kindlichnaiver Mensch", sagte er, „der immer heiter und
mit allem zufrieden und dabei viel besser in der alten
Geschichte bewandert war als ich und mir unendlich viel
geholfen und genützt hat! Er ist lange tot!" Einmal
kamen sie zu einem Wirt, der ein bischen sehr betrunken
war, aber Göttling ließ sichs nicht anfechten, sondern klopfte
ihm vergnügt auf die Schulter und redete ihn mit „Bruder=
herz" an, worauf der liebe Mann sofort die hölzerne

Weinflasche ergriff, die Vischer und Göttling gemeinschaft=
lich gehörte und aussoff! Dann richtete der Diener, den
sie mithatten, Christo mit Namen, ein Mittagessen, wäh=
rend sie sich ein bischen wuschen. Als dann Vischer wieder
eintritt, sitzt der liebe Wirt am Tische und frißt ihnen das
Essen auf. Sie jagten ihn fort und er legte sich nieder
und schlief ein; es war der Schultheiß oder Vogt im Dorf.
„Am andern Morgen in aller Gottesfrühe stehe ich auf
und gehe ins Freie; da steht der Kerl und hat wieder
unsre Flasche mit dem jetzt von ihm selbst gekauften Wein
vor der Schnauze und säuft sie wieder aus! Da wirds
mir zu bunt; ich lange aus und schlage den Kerl unter
das Kinn, daß er hinstürzt; in dem Augenblick kommt
aber Göttling heraus, und der Kerl fällt über ihn und die
Beiden wälzen sich am Boden! Nun hatte Göttling auch
genug von dem ‚Bruderherz!‘“ Vischer besaß noch ein
Messer von damals, das er in Athen gekauft hatte und
das den griechischen Spruch trug: „Leiden — lehren.“
Aber im Griechischen gab es einen Reim. „Der Spruch
war so undeutlich eingeritzt, daß wir ihn zuerst nicht lesen
konnten, aber als Göttling aus der kastalischen Quelle ge=
trunken hatte, da brachte er ihn plötzlich heraus! Er sprach
dann auch den ganzen Tag in Versen.“ „Kochen sollte
doch jeder können, auch jeder Mann,“ sagte Vischer, „in
welcher Verlegenheit befanden wir uns, als der Christo,
der das Kochen besorgte, einmal erkrankte; wir bekamen
nur ein großes blutiges Stück Fleisch geliefert und wußten
nicht, was wir damit anfangen sollten.“

Seine Reiseerlebnisse in Griechenland waren übrigens nicht gerade angenehm. Es war damals kurz nach dem Aufstand gegen die Baiern, und die Agogiaten waren wilde Kerle, die in allen verrufenen leeren Gebirgshütten übernachten wollten, wie es ihnen einfiel, obgleich die drei Gendarmen, die Vischer der Sicherheit wegen mitgegeben worden, durchaus davon abrieten. Zuletzt blieben dann die Führer mit ihren Pferden doch in der Hütte, während sie weiter zogen. „Einmal aber kamen uns nach hundert Schritten die Agogiaten wieder nachgelaufen, der Eine rannte vor mich hin, riß sich die Mütze vom Kopfe, trat darauf und schrie: ‚Verflucht sei der König!‘ Er wollte sagen: ‚Weil er uns diese Gendarmen sendet;‘ da geht der eine Gendarm her und schlägt ihn so an den Kopf, daß er auf den Boden stürzt und sich dreimal überschlägt.“

Aber trotz dieser kleinen hitzigen Abenteuer gehörte die Reise nach Griechenland zu Vischers schönsten Erinnerungen, wie er sagte, und er geriet ganz in Feuer, als er uns die griechische Landschaft schilderte mit ihrem „Himmel von ehernem Blau,“ wie sie Rottmann verstanden und gemalt hat. „Ja, wenn ich noch eine größere Reise machen könnte, dann nach Hellas!“ sagte er mit Begeisterung. Wer von dieser Begeisterung den gedruckten Beweis wünscht, der lese Vischers Anzeige eines Buchs von E. Engel: „Griechische Frühlingstage“, das bald nach jenem Gespräch erschien und in Vischer alle schönen alten Erinnerungen wieder aufweckte. Der Aufsatz steht in dem jetzt erschie= nenen Band von „Altes und Neues.“ Einer aus dem

Kreise, Oberstlieutenant v. Wolff, ein naher Freund Vischers
erzählte dann interessante Sachen aus Utica; er war näm=
lich in Karthago gewesen. Dann kamen Scenen aus dem
Kriege, dem deutsch=französischen nämlich, den jener Herr
und Vischers Sohn mitgemacht, und dann geriet Vischer
auf ein bitteres Thema, das ihm viel zu schaffen gemacht
und das er in Versen wie in Prosa behandelt, über das
er gar nicht hinwegkommen konnte: die Verlotterung seit=
dem, die sich immer gefährlicher breitmachende Genußsucht,
den Geldsinn, und die geringe Reaktion der Redlichen und
Braven gegen diese unheilvollen Folgen unserer Siege.

„Wucher hat es stets gegeben,
Schelmen werden immer leben,
Aber sonst hieß Lug doch Lug
Und das Wort für Trug war Trug"

zitierte er sich selbst aus dem Schartenmayer, und seine
Augen blitzten, seine Stimme donnerte, wie er fortfuhr:

„Stellt den ganzen Menschenkutter,
Vornhin als Kanonenfutter,
Wenn der Kriegstrompete Stoß
Wieder schmettert: es geht los!"

Dann sprach Vischer schön über das Fremdwörter=
unwesen, „unsere Fremdwörterbettelacke", die uns eigent=
lich vor den andern Völkern beschämen müsse, die uns
aber dennoch fast unentbehrlich geworden. Er wollte
übrigens auch keine pedantische Ausrottung jener entlehn=
ten Wörter verteidigen, die längst zu unserem täglichen

Bedarf gehören, es sei doch eben auch ein recht schwieriges Kapitel, da sich nun einmal an das Fremdwort die feine Nüancierung dieses oder jenes Begriffs gehängt habe, während das deutsche Wort für unser so geschultes Ohr gewissermaßen nur den Gattungsbegriff, das Allgemeine gebe.

Auch auf Wagner kam die Rede, dessen Musik Vischer, wie leicht begreiflich, durchaus verwarf. Er nannte seine Richtung die der „Sinnesbeduselung, Geistumnebelung, gefährlich in ihrer nervenaufregenden und betäubenden Wirkung für kritiklose Hörer." — Dann sprachen wir von dem Zeichner Wilhelm Busch, dessen närrischen Humor Vischer vormals sehr gern gehabt hatte, „seit er aber angefangen, auf ein unsauberes Publikum zu spekulieren, indem er obscöne Anspielungen einmischt, ist mir die Freude an dem verdorben!"

Vischer blieb bis gegen acht Uhr, und auch da war es der Xanthos, der ihn durch gelindes Maunzen der Ungeduld an die Stunde gemahnte. Der übrigens musterhaft erzogene Rattenfänger verhielt sich, wie ich später bemerkte, ganz stille bis zu einer bestimmten Zeit; dann war es nach seiner Meinung an der Stunde, daß man die Visite beendigen konnte. Es war ein schöner unvergeßlicher Nachmittag, dieser erste Kaffee mit Vischer, — wir waren nun endlich, wie er sagte, „in den Kern dieser hartschaligen Gesellschaft eingedrungen." Denn nicht lange darnach führte uns Vischer auch in das Haus seiner Schwägerin ein, der Witwe seines verstorbenen Bruders August, der Pfarrer gewesen; ein Haus, das ihm wie sein

eigenes war, wie er uns sagte, wo er innige Liebe und
tiefes Verständnis fand. Die Familie, aus Mutter und
Töchtern bestehend, lebte erst seit dem Tode des Familien=
haupts in Stuttgart, denn Vischers Bruder war Pfarrer
auf dem Lande, zuletzt in Gingen, im schönen Filsthal
gewesen. Vischer war auch dort der liebste Gast; ruhte
sich gern von Arbeit und Sorgen des Lebens im stillen
Pfarrhause aus.

„Wie groß war doch sein Einfluß!" sagte uns die
Schwägerin, „oft, wenn sich die Gesellschaft schon nach
und nach, beinahe unbemerkt, versammelt hatte, die Unter=
haltung schon lebhaft im Gange war, überraschte es mich,
zu beobachten, wie mit einemmal eine Stille entstand und
sich Jedes vom Stuhle erhob, wenn der kleine Herr be=
scheiden ins Zimmer trat. Er suchte nie die Unterhaltung
an sich zu reißen, aber ihre Richtung ging doch von ihm
aus; Vieles, was er gesprochen, wäre der Aufzeichnung
wert gewesen, aber es hätte unbemerkt geschehen müssen.
So sind es eben Sternschuppen geblieben, die Freude be=
reiten, aber äußerlich spurlos verschwinden."

Dann gab es Spaziergänge in das lieblich ge=
legene Donzdorf; es liegt auf diesem Wege die Burg
Rechberg so ganz besonders schön da, und er verglich die
Ansicht oft mit der des Berges Athos. Aber auch der
„grüne Berg", Hohenstein, Kuchalp und das Eybacher
Thal wurden besucht. Die Frau Schwägerin erzählte uns
später: „Das schöne Gedicht ‚das Gewitter' ist bei uns
in Gingen entstanden Man sehnte sich lange nach Regen,

und endlich kam er mit einem heftigen Gewitter verbunden. Nach einigen Stunden las er uns die Verse vor, und ich erinnere mich, wie wir alle (es war auch noch ein Besuch gegenwärtig) eine Weile still blieben, wie in Andacht versunken. Auch das Gedicht ‚der Hohenstaufen‘ entstand auf dem Heimwege von Gingen, und beide erwecken mir immer eine besondere stille Freude.“ — Die jungen Nichten wunderten sich bei diesen Gängen, wie schnell der „Onkel Fritz“ laufen konnte und wie ihm der heißeste Mittag nicht zu heiß war zum Laufen.

„Sie werden eine geprüfte Frau finden,“ sagte uns Vischer, „klar und herzensgut; ich bin jeden Sonntagnachmittag dort; wenn Sie mich etwa abholen möchten, da meine Wohnung auf dem Wege liegt, so könnten wir mitsammen hingehen.“ Das war nun gar zu gut und behaglich! · Während wir mit ihm am Stadtgarten entlang wanderten, erzählte er uns von seinen Abenteuern mit dieser Anlage, die, weil sie unmittelbar am Polytechnikum hinläuft, eine Zeit lang von recht unangenehmer Bedeutung für ihn geworden war. Im Sommer gab es nämlich in diesem übrigens sehr schönen und gepflegten Garten Konzert, und das hatte man anfangs um 5 Uhr nachmittags beginnen lassen. Von 5—6 Uhr aber hielt ja Vischer sein Kolleg im Polytechnikum, und die Musik drang rücksichtslos in den Hörsaal ein. Es bedurfte einer langen Beschwerdeführung, ehe der billigen Forderung um Verlegung des Konzerts bis auf 6 Uhr nachgegeben wurde. Während nun die Fehde noch in vollem Gange war, trug sich ein komischer Vorfall zu. Vischer kam in die „Altdeutsche Bierstube" und setzte sich an einen schon gedeckten Tisch zu einigen Herren. Ihm wird auch gleich ein Schoppen gebracht; da fällt ihm eine gewisse Feierlichkeit des Ganzen auf; die Herren sind zum Teil mit Schleifen geschmückt, der Tisch ist auch so besonders hergerichtet, er fängt ein paar Worte auf, plötzlich weiß er, wo er sich befindet: in einer Gesellschaft der Aktionäre eben des Stadtgartens, welche hier ihre Jahresfeier abhalten. Das war eine gegenseitige Verwunderung! Er hat sich dann bald gedrückt, wie er sagte.

Die gute und feinsinnige Frau Pfarrerin mit ihrem edlen und gescheiten Antlitz, das silbergraues Haar umrahmt, war uns gleich eine herzlich sympathische Erscheinung und unser Interesse für sie wurde bald aufrichtige Verehrung. Die Nichten, besonders die stets bei der Mutter lebende Marie, waren wie liebevolle Töchter um den „Onkel Fritz" besorgt; er hatte seinen eigenen Lehnsessel, sein Feuerzeug, und wenn es gar zu kalt im Winter wurde, eine Wärmflasche unter dem Teppich, zur Abwehr gegen kalte Füße. Keine gekauften Kuchen kamen auf den Tisch, man backte und bereitete selbst, was er gern aß, die schwäbischen „Gutsle", Zimtsterne, Schäumle und Anisbrot, die so zierlich aussehen und so gut schmecken. Er erzählte uns einmal lachend: „Der Schiller hat sich in Weimar auch schwäbisches Hutzelbrot (mit eingebackenen Pflaumen, Birnschnitzen und Zibeben oder Feigen) be-

reiten laſſen, aber den Thüringer Freunden hat's nicht
geſchmeckt, uns ſchmeckt's wohl."

Die Geſellſchaft des Notterſchen Hauſes verkehrte
auch hier: Oberſtlieutenant von Wolff, Hauptmann Jäger,
der Bildhauer Donndorf gehörten zum näheren Kreiſe.

Es war damals nicht lange nach dem Tode König
Ludwigs II. von Bayern, wir hatten kurz zuvor Viſchers
Gedicht „Im See" geleſen und er ſprach mit uns darüber.
Ein Wiener Blatt habe ihm geſchrieben, „die erſte Strophe
ſei doch furchtbar wild für einen Äſthetiker." Viſcher hatte
ſchon etwa ein Jahr zuvor ſo hingeworfen: „Mich ſoll
auch wundern, wann man mit der Wahrheit herausrückt,
daß der König wahnſinnig iſt;" ich weiß, wie mich dieſer
Ausſpruch damals überraſchte. — Die Kernerfeier war in
Sicht, Viſcher hatte erſt die Rede halten ſollen, er ſei
aber froh, daß es nun anders beſtimmt ſei. „Es iſt
nämlich," ſagte er, „ungemein ſchwer, den Nerv zu treffen,
in welchem Kerners Bedeutung lag, nicht als Dichter,
ſondern als Menſch. Er hat entſchieden etwas Myſtiſches
an ſich gehabt, aber nicht im bewußten, ſchlechten Sinne,
nicht etwa wegen ſeines Geiſterglaubens, ſondern in dem
höheren Sinn, daß er die Menſchen und die Tiere wun=
derbar angezogen hat; dabei war er närriſch, toll. Sehr
merkwürdig war ſein Einfluß auf Wahnſinnige; er hatte
aber auch eine Vorliebe für dieſe Kranken und konnte ſie
erſchreckend getreu nachahmen. Das erzählt auch Varn=
hagen, der eine ſehr gute, wenn auch kurze Charakteriſtik
Kerners geſchrieben hat. Varnhagen war hier viel mit

Uhland und Kerner zusammen, und sie wunderten sich etwas über ihn, denn der Berliner Herr trank Thee des Abends und schrieb unendlich viele Briefe! (Vischer hatte für Menschen mit dieser ihm unverständlichen Neigung den Namen „Briefophagen" erfunden.) Aber den Kerner hat er doch gut erkannt. Ein prächtiges Gesicht hatte Kerner! fein! es ist so schade, daß man immer sein älteres Bild vervielfältigt, wo er in die Breite gegangen ist, das sollte man ihm doch nicht anthun." Er erzählte dann von seinen letzten Jahren, wo er viel kränkelte und in seiner Einbildung noch kränker war als in Wirklichkeit. „Besuchte man ihn, so sprach er anfangs in einem zittrigen, gebrochenen Ton, der aber bald kräftiger ward, und binnen kurzem erzählte er mit seiner vollen Stimme die tollsten Geschichten, bis er beim Abschied wieder in das frühere Jammern verfiel."

Von den „Reiseschatten" kam er auf Jean Paul, den wir noch wenig kannten.

Den „Siebenkäs" hatte er am liebsten, zitierte ihn auch gern und identifizierte sich oft ganz gemütlich mit dem von der Lenette geplagten armen Siebenkäs. So wenn ein Geräusch im Hause, ein Klopfen oder ein häuslicher Lärm ihn störte, „wann's aufhört weiß ich, aber nicht wann's wieder anfängt; und da sitze ich nun und warte und verliere den Faden." So klagte er einmal: „Heut hat mich die Rike wieder so arg gestört!"" — „Wodurch denn?" — „Ach, sie hat im Schlafzimmer frische Handtücher herausgethan." — „Aber das dauert ja nicht lang." — „Ja, was weiß ich, wie lang's dauert; Ihr wißt's ja vom Siebenkäs, dem ist's auch so gange."

Auch von Mörike war die Rede. Vischer bedauerte immer, daß er mit seiner Zeit nicht hausgehalten, soviel gedrechselt und getöpfert habe. „Er hatte eine Freude daran, Vasen und Häfen aus Thon zu drehen, sie mit allerlei selbsterfundenen Verzierungen zu schmücken und mit passenden Sprüchen und Versen versehen, den Freunden zu verehren. Das war ja nett, aber diese Zeit wurde doch der Poesie entzogen. Ich habe oft gesagt, Mörike hätte auch ein Amt haben sollen, etwa bei der Post; dann hätte er sich nach den langweiligen Geschäften zur Poesie geflüchtet und viel mehr produziert. Immer Zeit haben, taugt nicht."

Vischer stellte Mörike so außerordentlich hoch, daß er ihm fast zürnte, der Welt viel Schönes und Vortreffliches, das er noch hätte schreiben können, schuldig geblieben zu sein. Er hat es oft gesagt: „Auch Talent verpflichtet." — Es war interessant, was Vischer von der Entstehung mancher Lieder Mörikes wußte: bei dem reizenden „Jägerlied" fragte er ihn einmal: „Sag, wie ist dir nun das eingefallen?" Da war der Ausgangspunkt eine Vogelspur im Schnee gewesen, an deren zierlicher Gestalt sich Mörike erfreut, ganz wie das Lied anhebt:

„Zierlich ist des Vogels Tritt im Schnee,
    Wenn er wandelt auf des Berges Höh'."

Und der Vergleich mit der Schrift der Geliebten war ihm gekommen, weil er gerade einen Brief von ihr erhalten. „Da sehen Sie, wie der echte Dichter verfährt," sagte

Vischer, „dies ist recht ein Beispiel dafür, wie ihm alles
von den Sinnen ausgeht." Auch das wunderliebe „Rosen=
zeit, wie schnell vorbei", nannte Vischer oft als eines der
schönsten deutschen Lieder. „Ganz wie Gesang, den man
sanft und klagend durchs Wiesenthal verhallen hört." Von
der „Agnes", im „Maler Nolten", Mörikes erster Braut,
wurde dann erzählt. „Sie hieß eigentlich Luisle und
war eine Pfarrerstochter aus Plattenhardt bei Hohenheim,
so eine weiche Taube; im weißen Kleidchen mit den blon=
den Locken sehr hübsch für uns junge Leute. Leider war
sie aber gar zu einfältig, und der Vater versuchte, den
künftigen Schwiegersohn zu bekehren, und sie selbst wollte
ihn auch fromm machen; da konnte Mörike es nicht länger
aushalten und löste das Verhältnis." Dieselben sanften
blauen Augen hatten es auch Vischer eine Weile angethan.
Er kam öfter in das Pfarrhaus, denn sein Vater und der
Pfarrer waren Universitätsfreunde gewesen, und damals
hielt man die Erinnerung daran bis zum Tode fest, und
die Hinterbliebenen des zuerst Verstorbenen fanden bei
solchen Freunden stets die liebevollste Aufnahme. Der
Aufenthalt in solch einem einfachen freundlichen Dorfpfarr=
hause brachte den jungen Studenten in eine idyllische
Stimmung, und so war's ziemlich natürlich, daß ihn die
blonde Achtzehnjährige anzog. Die jungen Mädchen in
den umliegenden Pfarrhäusern neckten sie einmal. „Ach,
was meint ihr!" antwortete sie darauf, „der Fritz ist ja
noch ein Knabe." Dies ward ihm wieder gesagt, und
dann war's natürlich mit seiner Liebe vorbei. Er wandte

sie nun ganz auf die schöne Förſterstochter in Plattenhardt,
Pauline. „Mörike und ich," erzählte er uns mit ſchel=
miſchem Vergnügen, „halfen den Mädchen bei den länd=
lichen Arbeiten, beſonders das Moſten der Äpfel kam uns
beſeligend vor; es beſtand darin, daß man ein großes Stein=
rad in einer Kufe drehte; man nannte das Ding einen Trott.
Die Mädeln ſchüttelten das Obſt, Äpfel und Birnen, in den
Mahltrog mit dem Steinrad, wir drehten. Und einmal
war ich ſo begeiſtert dabei, daß wir vor lauter Begeiſte=
rung den großen Korb, in welchem die Äpfel lagen, mit
zermoſteten! Ich konnt's nicht erwarten, bis die Pauline
die Äpfel ausſchüttete, ſondern warf den Korb voll gleich
ganz hinein! Und der Pfarrer, der nicht gern mochte,
wenn etwas hin wurde, ſchalt nachher! — Und einmal
beim Spazierengehen führte ich die ſchwarzäugige Förſters=
tochter (ſie hat nachher einen Doktor von Abele geheiratet)
über eine ſumpfige Stelle und leitete ſie auf einem ſchmalen
Brettchen, um welches eine Menge Fröſche und Kröten
ſprangen, vor denen ſie ſich fürchtete. Dieſer Moment be=
geiſterte mich ſo, daß ich ihr die Scene zum ewigen Andenken
ins Stammbuch malte. Und neulich habe ich dieſes Bildchen
und den Vers wieder in die Hand bekommen und ihn mit
großem Vergnügen betrachtet. Er hieß ungefähr:

„Könnt' ich, wie vor Drachen hier und Kröten
So von allem Unheil dich erretten.'"

Wie lachte er, als er das herſagte. „Ich meinte, das
reime ſich, Kröten und erretten, ich meinte das ganz
gewiß." Viſcher war etwa 18 Jahre alt damals, doch

hatte er, wie uns seine Schwägerin erzählte, schon zu dieser
Zeit eine Art Berühmtheit durch ein Gedicht im Bänkel=
sängerton, welches er kurz zuvor verfaßt hatte und das die
Hinrichtung eines Mannes schilderte, der den Aufseher des
Spitals, in das er aufgenommen worden, ermordet hatte.
Der junge Verfasser gab die „Morithat" einem armen Buch=
drucker in Ludwigsburg zur freien Disposition und dieser
kam nach Jahren einmal zu ihm und bat, er möchte doch
auch wieder ein solches Gedicht machen und ihm zum
Druck geben, er habe sich damals ein so ordentliches Geld
damit verdient! Dort hatte er sich zum erstenmal „Philipp
Ulrich Schartenmayer" genannt, und unter der Marke
dieses philisterhaften, vernünftig moralisierenden, zuweilen
aber nicht unangenehm ironischen Biedermannes, (in dem
er einen Typus geschaffen so gut wie im Albert Einhart)
hat er sich ja von Zeit zu Zeit gern versteckt, wie wir
wissen; am erfolgreichsten in Schartenmayers Haupt= und
Lebenswerk: „der deutsche Krieg"; zum letztenmal in der
Morithat „Merkwürdiges Strafgericht des Himmels", 1885,
das wir unter herzlichem Lachen von ihm selbst vorlesen
hörten. — Von der Schwägerin erfuhren wir auch, wie
jenes sanfte Luisle sich bis an ihr Lebensende in der
Erinnerung an die Huldigungen des später so berühmt
gewordenen „Knaben" gesonnt habe und wie weder die
schnell verglommene Liebe Mörikes, noch ihre spätere Ver=
heiratung mit einem braven, gut situierten Geistlichen das
Hochgefühl über diese frühe Eroberung in ihr verwischt
hat. — Dann erzählte uns Vischer von seiner Vikariats=

zeit in Horrheim. „Meine Wohnung im Pfarrhause war
eine wahre ‚Lotterfalle‘, das heißt eine ganz schlechte ver=
fallene kleine Stube mit Oktavfenstern und einem Kachel=
ofen, der zwar eigentlich auch bei mir Wärme verbreiten
sollte, sie aber meist der Studierstube des Pfarrers spen=
dete, die nie benützt wurde, denn der Pfarrer guckte nie
ein Buch an. Meine Stube war verrufen wegen Geister=
spucks, und ich hörte auch oft ganz unerklärliche Geräusche.
Die Thür sprang mit Donnerkrachen auf, wenn man an
nichts dachte und blieb so gähnend offen. Alles geriet in
wackelnde Bewegung, die Fensterscheiben klirrten, und wenn
draußen der Sturm ging brach ein Höllenspektakel los, so
daß eines Abends spät die Magd, die in einer der Bühnen=
kammern schlief, nur mit einer Bettdecke bekleidet die Treppe
herunterstolperte und schrie, ich möge doch das Gespenst
wegjagen! Ich hatte mich nicht gefürchtet, suchte aber die
Ursache des Lärms zu ergründen, und was war's? Der
Pfarrspitz war's, der neben mir auf einem Stuhl saß.
Wenn der sich kratzte, wackelte der wacklige Stuhl, der Stuhl
stieß an eine wacklige Kommode und die Kommode setzte die
Dielen des Fußbodens in Bewegung, von den nun wieder
die Fensterscheiben ins Zittern gerieten. Wurde dabei eine
bestimmte Stelle des Fußbodens erschüttert, so erfolgte jenes
geheimnisvolle Aufspringen der Thür. Die Jammertöne
aber verursachte der Wind, wenn er von einer bestimmten
Seite kam, in den oberen leeren Kammern, deren Fenster
nicht verschlossen waren, deren Thüren eingetrocknet klafften
und im Ofen, dessen Thürchen er bald schnell bald lang=

sam bewegte. So ward der Geist entdeckt und erlöst."
Die Langeweile in dem einsamen Dorf preßte ihm einmal
den schönen Vers aus:

> „Am Fenster steh ich ohne Sorgen
> Und werf' ein Bröcklein Weck hinaus,
> Die Enten thuns hinunterworgen,
> Das ist für meinen Geist ein Schmaus!"

In der Jugendnovelle: „Freuden und Leiden des
Stribenten Felix Wagner," dann später in dem allerlieb-
sten Lustspiel: „Nicht Ia" hat Vischer die Erlebnisse und
Empfindungen seiner Vikariatszeit in lebensvollen Gestalten verkörpert.

Als wir einmal von der Wildermuth mit ihm sprachen, die ja in ihrer letzten Zeit arg pietistisch und ver-
nünftelnd geworden, sagte er: „Aber ihre ‚schwäbischen
Pfarrhäuser‘ lesen Sie doch jedenfalls! Da ist besonders
eine höchst phantastische Geschichte, die vom „Haselnuß-
pfarrer‘, so toll, die könnte von Tieck sein. Wie der
Pfarrer ganze Säcke voll Haselnüsse ißt, um einen rechten Durst zu kriegen, und dann Wein trinkt, dazu die
Geige spielt, alle Nacht, das sind ganz verrückte, packende
Vorstellungen." In Geschichtchen aus dem geistlichen Stande
war Vischer unerschöpflich. „Ein Bekannter von mir,"
erzählte er uns, „wollte am Thomasfeiertage nach der
Predigt einen kleinen Vers sprechen, den er dazu auswendig gelernt hatte. Aber, o weh, als er an die Stelle
kommt: ‚Einzig Thomas zweifelt noch,‘ da stockte er und

hatte das Weitere vergessen. Rasch entschlossen improvisiert er nun dazu:

'Doch auch er glaubt es zuletzt,
Und wir alle glauben's jetzt.'

Fertig! die Bauern waren mit diesem verständlichen Verse ganz zufrieden." Ihm selber war bei der letzten Kommunion, die er zu geben hatte, 1836, auch etwas Drolliges passiert. „Ich kam etwas spät in die Sakristei und fuhr geschwind in den Chorrock; als ich nun dastehe und den Spitälern das Abendmahl austeile, schauen mich die Kerle an und verziehen den Mund; ich gucke so 'num, da seh' ich mit Entsetzen meine Frackschwänze unter dem kurzen Chorrock hin- und herpendeln! Ich hatte vergessen, den Kirchenrock anzuziehen, hatte den Frack unter dem Chorrock anbehalten! Das war meine letzte Kommunion. Ich sollte danach noch Kinderlehre halten, über die Auferstehung, aber ich hab's nicht vermocht! Wie konnt' ich den Kindern erklären, was ich mir selbst nicht erklären konnte?"

Sein Zimmerchen im Polytechnikum, wo er den Überrock ablegte, nannte er scherzweise immer seine „Sakristei", und höchlich amüsierte es ihn, als einmal eine Dame dort hineinkam und ihm einen gerührten Dank abstattete für 'die schöne Traurede bei ihrem Bäsle'. Die gute Frau hatte ihn mit dem Stadtpfarrer Fischer verwechselt und von seinem, Vau-Vischers, Dasein wohl kaum Kunde besessen. — In Tübingen gab es gleichzeitig mit ihm einen Professor Fischer mit dem F, auch da kamen Verwechselungen vor, bis die Leute auf die vernünftige Auskunft gerieten, beide zu unterscheiden, als „Vischer mit dem Hund" und „Fischer ohne Hund". „Meinen Sie den mit oder ohne Hund?" Und dieses Unterscheidungszeichen war sehr charakteristisch, denn die zwei Professoren waren auch sonst vollständige Gegensätze.

Von seinem Jugendfreunde und Studiengenossen Strauß erzählte Vischer selten; die Entfremdung des verbitterten, einst so innig geliebten Freundes hatte ihm eine Wunde geschlagen, die nicht vernarbte. Vischer schilderte mir einmal die letzte Begegnung mit ihm, wie er ihn in seiner Krankheit besuchte, ihm das reiflich durchdachte dicke Manuskript mitbrachte, die Anzeige seines Werks: „Der alte und der neue Glaube". „Strauß war gereizt, daß .ich nicht längst darüber geschrieben, aber ich konnte ihm nicht völlig zustimmen, und das beunruhigte mich, ich durfte doch die Zahl seiner Gegner nicht vermehren. Erst als die gar zu laut gegen ihn schrieen, hatte ich nun doch geschrieben. Strauß nahm das Heft, wog es so in der Hand, warf es plötzlich hin und sagte, indem er den Kopf nach der Wand kehrte, ,ich lese nichts mehr darüber'. ,So hast du auch meinen Brief nicht gelesen, in dem ich dir alles erklärte?' ,Nein.' Er wollte nicht einmal die Hand zum Abschied reichen." Vischer aber war im Grunde seiner Seele weich.

Sein Freund Oberstlieutenant v. Wolff hat mir erzählt, wie er nach diesem unglückseligen Auftritt in schmerzlicher Aufregung zu ihm auf den Hohenasperg kam und

ihn bat, ihn ein paar Tage bei sich zu behalten; er sei
unfähig, in diesem Zustande nach Stuttgart zurückzukehren.
— Daß er dem ungerechten Kranken verziehen, hochherzig
und rückhaltlos, wie es seiner edlen Seele würdig war,
das beweist seine Rede 1884 zur Einweihung der Gedenk=
tafel an Strauß' Geburtshaus in Ludwigsburg. Er wußte
für Strauß' Härte wohl Gründe der Entschuldigung. Sel=
ten hat ein reiner Wahrheitsdrang schändlichere Angriffe,
eine so allgemeine Verurteilung erfahren; der Fanatismus
der Gegner hat ihn eisenhart geschmiedet. Auf dem Lande
hieß er nur der „Antichrist“, und die Bauern wunderten
sich, daß er überhaupt ein menschliches Angesicht habe.
Sie glaubten, er stehe in genauer Beziehung mit dem
Satan, und eine Art Sagenkreis unheimlicher Natur bil=
dete sich schon zu Lebzeiten um ihn.

Vischer wußte drollig zu erzählen, noch aus der Tü=
binger Zeit, wie einmal ihr gemeinschaftlicher Flickschneider,
der Riedmüller, höchst aufgeregt zu ihm (Vischer) gekom=
men sei und berichtet habe, daß er sich im Wirtshaus so
arg für seinen Dr. Strauß verstritten. „Ich hab' gesagt,
sondern das versteht ihr nicht! sondern das ist ein braver
Herr! sondern, das ist wegen der Aufklärung. Und wann
ist es au erhört gwe, daß mer hat en Lustnauer Bauere
mit eme rote Regeschirm in d' Stadt komme sehe?“ Auf=
geklärte Flickschneider dieser Sorte gab es aber wenige.
— Vischers Gedächtnisrede für Strauß blieb auch nicht
unbemängelt. Er ward deswegen denunziert, aber ohne
Erfolg. Die Zeiten sind eben doch andere geworden.

Früher hatte ja auch Bischer genug Anfeindungen zu erdulden gehabt. Im Jahre 1855 ward er zum Minister berufen; er sollte sich verantworten wegen seiner allzufreien Vorträge in Tübingen. „Der Minister sagte zu mir, von achtungswerten Männern seien ihm Mitteilungen zu Ohren gekommen, daß ich die Linie noch immer nicht einzuhalten wisse. Darauf erwiderte ich: ‚Wenn solche Worte fallen, nehme ich meinen Abschied,‘ stand auf und ging die Treppe hinunter. Auf der Treppe begegnet mir ein gewisser blonder Professor, — er hatte so ein Falzbeingesicht und sagt: ‚Sieht man Sie auch hier?‘ ‚Zum ersten= und zum letztenmal,‘ erwiderte ich. Ich sah ihn an, da durchzuckte mich der Gedanke: das ist einer von den achtungswerten Männern. Und ich werde wohl recht gehabt haben, denn ich habe später erfahren, derselbe habe sich einmal in erhöhter Laune geäußert: ‚Ja, der Bischer, der hat ja Dinge auf dem Katheder gesagt, daß man nur erschrecken konnte! Der hat in seiner Frivolität von der Auferstehung gesagt: da werde wohl vor jedem Grabe also ein Paar blank gewichster Stiefel gleich bereit stehen.‘ — Das, sagte Bischer, hat ja aber Heine gesagt! von dem hatte ich gesprochen, und um ihn zu charakterisieren, hatte ich seinen Traum erzählt von der Auferstehung. So bin ich verstanden und interpretiert worden.“ — (Bischer ging dann, wie man weiß, auf 11 Jahre nach Zürich. —) „Man begegnete mir damals mit einem Mißtrauen,“ sagte Bischer, „daß man sich nicht scheute, mich offen zu beleidigen. In einer Gesellschaft, wo sich jener Herr mit seiner schönen, aber sehr orthodoxen Frau befand, erzählte ich einmal den Traum eines Knaben, eine nette, naive Geschichte. ‚Ich war tot,‘ erzählte der Knabe, ‚und kam in den Himmel vor dem lieben Heiland sein Haus und zog an der Klingel. Da guckt die Frau Heilandin zum Fenster heraus und sagt: Ei was, geh’ weg, man kann das Gelauf den ganzen Tag nicht haben. Da wollt’ ich weggehen, aber grad kommt der liebe Heiland mit einem Krug Wein aus dem Keller herauf und sieht mich; da schließt er die Thür auf und sagt: lasset die Kindlein zu mir kommen.‘ Nun gut, als ich das erzählt habe, sagt mir die fromme Dame ins Gesicht: ‚Ach was, das ist ja dummes Zeug, das haben Sie erfunden.‘ Es wurmt mich noch heut’, daß ich nicht aufgestanden und fortgangen bin.“

Eine alte, sehr komische Dame gehörte auch zur Vischer= gesellschaft, vornehmlich durch gemeinsame Jugenderinne= rungen. Es war ein Fräulein Bressand, von der uns Vischer schon im voraus allerlei Lustiges erzählt hatte. „Sie werden da ein richtiges altes Stuttgarter Original zu sehen bekommen, sagte Vischer, an dem Sie Spaß haben werden. Manchmal fällt sie einem zwar arg in die Rede, läßt niemand zu Worte kommen, näselt und schwäbelt, aber man darf’s ihr verzeihen, sie hat gar immer so viel zu schwätzen. Ich bin als Bub sehr viel im Bressandschen Hause gewesen, habe dort mit meinem Bruder die Ferien zugebracht, da meine Mutter nach des Vaters Tode bald nach Göttingen zog. Bin auch dort krank gewesen und wie ein Haussohn verpflegt worden. Sie ist auch gut und sehr wohlthätig.“

Er gedachte noch mit Vergnügen einer Fahrt nach Bönnig-
heim mit den zwei Breffandschen Buben und seinem Bruder.
Sie fuhren in einem Botenwagen mit einer Blahe (Plaue)
bespannt. „Eine Frau mit einem Kinde saß auch noch
darin, aber das Kind hatte so Äres (Milchschorf), das hat
mich arg geekelt. Und geregnet hat's auch durch die Blahe,
und hinten war ein Welschhahn, den wir zum Geschenk
mitbringen sollten, der hat mich immer in den Hals ge-
pickt. Wir besuchten einen Onkel Weinhändler und freuten
uns schon recht aufs Essen. Doch waren wir aus Be-
scheidenheit im Wirtshaus abgestiegen, wurden aber abge-
holt und ein großer Kalbsbraten vor uns auf den Tisch
gestellt. Plötzlich aber kommt ein großer Jagdhund herein,
reißt den Braten vom Tisch und springt damit fort. Da
gab's nachher bloß Pfannküchle.“ Wir trafen das besprochene
Fräulein in einem der nächsten Kaffees. Sie war stark asth-
matisch. Alle Sätze fing sie mit „hingegen“ an; doch war
sie sehr unterrichtet und witzig; Vischer neckte sie mit viel
Behaglichkeit, sie gab ganz gut heraus. Ihr war wieder
irgendwo eine Katze auf den Schoß gesprungen, und das
war entsetzlich, denn sie hatte eine Idiosynkrasie gegen diese
Tiere. „Das kommt,“ sagte Vischer mit neckendem Blinzeln,
„von der gleichnamigen Elektrizität zwischen Ihnen und
den Katzen. Sie besitzen die gleichen Pole.“ Das Fräulein
rollte die Augen und sagte: „Hingegen ist es mir sehr
ohnangenehm, daß die Katze mi net in Ruh lasse könne.“
Wir lachten sehr, und sie stimmte ungekränkt ein. Vischer
gab alljährlich auch eine Gesellschaft für die alten Freunde,

„mei Mampferei," wie er's nannte, dazu war natürlich auch Fräulein Breſſand ſtets geladen. Selbſt beſorgte er dann die feinſten Leckerbiſſen und war der liebenswürdigſte und heiterſte Wirt. Bei einem ſolchen Feſte war's, daß ſich plötzlich eine Unruhe hören ließ, und urgeſchwind flog jemand vom Sopha empor und ſtand auf demſelben, mit ausgeſtreckten Armen um Hilfe ſchreiend. Der ſchwarze Kater war der Verbannung in der Küche entwichen und hatte ſich auf ſeinem gewohnten Platz auf der Sophalehne niederlaſſen wollen, gerade neben dem armen Fräulein. Viſcher ahmte ihren Verzweiflungsſprung, ihr Kreiſchen nach, daß wir uns Thränen lachten.

Die alte Freundin erhielt bei Viſchers Tode ein Beileidſchreiben vom König; ſie iſt dem Jugendgeſpielen bald gefolgt, nun ruht ſie auch ſchon länger als ein Jahr im Grabe, und ihr ſchöner großer Garten am Herdweg draußen, wo auch Viſcher als Knabe geſpielt, wird wohl bald bebaut. „Am Herdweg! ja da ging ich als Bub auf die Schmetterlingsjagd," ſagte Viſcher, „da ſtand noch kein einziges Haus." (Jetzt iſt es das ſchönſte Villen= quartier Stuttgarts.)

Eine der liebſten Geſtalten aus Viſchers Freundſchaft, ſein Patenkind Frl. Märklin, war leider oft durch Kränk= lichkeit verhindert, ſich in dem vertrauten Kreiſe einzufin= den, doch hatte uns Viſcher gleich auf ſie aufmerkſam gemacht, als wir mit dem Fräulein bei ihm zuſammen= getroffen waren und uns an ihrem Humor, ihrer Tierliebe und der ſelbſtloſen Herzensgüte, die aus ihrem ganzen

Wesen sprach, erfreut hatten. „Ihr Vater war der Professor Märklin, dessen Biographie Strauß geschrieben hat," sagte uns Vischer; „er ist leider früh gestorben, als erster aus unserem Kreis. Und so unnötig, muß man wohl sagen. Am Typhus. Es zeigte sich später, daß das Haus in Heilbronn, in dem er wohnte, infiziert war; wie lange hätte er noch leben können! Und daß Sie die Mutter nicht mehr finden, ist gar schade. Das war eine ausgezeichnete Frau, ebenso gescheut wie grundgut. Und die Tochter ist diesen ausgezeichneten Eltern nachgeartet, auch sehr humoristisch. Mit der werden Sie gern Bekanntschaft schließen. Sie ist mit meinem Sohn aufgewachsen; auch den Bruder, der hier Professor ist, werden Sie gern kennen lernen."

Ein freundlicher Zufall führte uns denn auch bald zusammen, und seitdem verbindet uns herzliche Freundschaft. Wie manch gemütlichen Vischer=Nachmittag gab es auch dort, und wie oft haben wir später nach seinem Tode beisammen gesessen und uns von Vischer erzählen lassen. Wie viele nette Andenken an ihn waren dort zu betrachten, Geschenke, Verse, scherzhafte Briefchen an die Mutter und an das Patenkind, einige mit eigenhändigen komischen Illustrationen. —

Schön war's, wenn Vischer von seinen Reisen in Italien erzählte, zumal von Venedig, den alten Palästen mit den Wappen an der Mauer, den Prunksälen mit dem Blick über ganz Venedig. Ein Freund von ihm, ein deutscher Maler, der immer dort lebte, wohnte nacheinander in mehreren dieser stolzen verfallenen Paläste. Kalt seien sie wohl, aber er habe doch Binsenmatten gehabt auf dem Steinboden, auch deutsche Öfen seien zu bekommen. Als er den Freund einmal besuchte, saß ihm eine Taube ruhig auf dem Kopfe, während er malte; die kam jeden Tag zu ihm ins Fenster herein. — Vischer rühmte die guten Eigenschaften des italienischen Volks, ihre Gesittung, ihren Humor, ihren kindlichen Frohsinn, naive Gedankenlosigkeit, ihren Mangel an jeglicher Prüderie. „Manchmal sind sie ja rechte Spitzbuben, betrügen und stehlen, aber man muß immer wieder lachen, es sind Kinderunarten, sie nehmens so gar nicht übel, wenn man hinter ihre Streiche kommt. Und wie anstellig in allen praktischen Dingen, das ist nun ganz unglaublich. Ein italienischer Soldat lernt in wenigen Tagen, was unsere deutschen oft nicht in einem Jahr. Ich bin lange ein Gegner der Italiener gewesen, weil sie ästhetisch entnervt waren. In Sicilien hat man ja förmliche Straßenschlachten geliefert wegen der Vorzüge zweier Sängerinnen, ganz wie im alten Byzanz die Cirkusparteien der Blauen und Grünen. Aber seit sie ein Volk geworden, sind sie mir auch politisch ehrenwert. Und jene Kinderunarten, die stammen noch aus der schlimmen Zeit, aus der Zerrissenheit, die werden sie ablegen." Auch ihr Feuer, ihre Leidenschaftlichkeit zog ihn an. „Auf einem italienischen Dampfer ward von der Untreue einer Frau erzählt, der der Gatte thatlos zusah. Eine Dame blitzte mich mit ihren schwarzen Augen an und rief: ‚Un coltello!' Ich verstand sie wohl, fragte aber noch zum Überfluß: ‚Per

lei?' ‚No, signore, per lui!' war die Antwort. — Und
unter dem eigentlichen Volk draußen giebt es wenig Trink=
geldseelen, das muß wahr sein. Uns ist da etwas hübsches
begegnet. Wir fuhren im Dampfer nach Chioggia. Im
Hafen läßt ein Herr sein Reisehandbuch über Bord fallen.
Ein Fischerboot fährt gerade vorbei, einer der Männer
fischt das Buch auf, das Boot kommt an den Dampfer,
und das Buch wird heraufgereicht. Der Eigentümer dankt
und giebt eine Münze dafür. Diese wandert nun von
Hand zu Hand bis zu dem, der das Buch aufgefischt hat;
als sie zu ihm kommt, macht er das verneinende Zeichen
mit dem Zeigefinger, und so wandert das Geldstück wieder
von Hand zu Hand zurück zu dem letzten, und der reicht
es dem Herrn auf unserem Dampfboot mit demselben
Verneinungszeichen.“

In Bologna war Vischer einmal ein nettes Abenteuer
passiert. Er sieht einen Trupp Soldaten vorbeiziehen,
der Trommler guckt ihn scharf an, Vischer den Trommler,
und denkt bei sich: der hat so ein gutes schwäbisches Ge=
sicht. Indem kehrt der Mann um, tritt auf Vischer zu
und sagt: „Ich mein' wohl, der Herr müß e Landsmann
von mir sei', i ben von Ulm“. Also richtig! Es war
eine recht freundliche Begrüßung; dann fuhr der Mann
zutraulich fort: „J hätt gern e Brief b'sorgt an mei'
Rikele daheim, 's goht aber so schwer einer durch (d. h.
uneröffnet, unter der päpstlichen Herrschaft), send Se auch
so gut und nehme Se de Brief mit, wann Se nach Haus
gehn.“

So machte Vischer den Liebesboten zwischen Bologna und dem Dörfchen Glems, und brachte dem Nikele getreulich Nachricht von dem fernen Trommler und Geliebten. — Vischer hatte eben auch für den Frembdesten in hohem Grade das Gewinnende, Vertrauenerweckende, Anziehende des Geniemenschen. Er hatte eine ausgezeichnete Art, mit dem Volke zu verkehren, sich ihrer schlichten Ausdrucksweise anzupassen, und doch ist wohl nie einer respektlos gegen ihn geworden. Die Bauern der Dörfer, in denen er Geistlicher gewesen, die Wirtsleute, bei denen er abgestiegen, die Leute, die für ihn gearbeitet, alle erinnerten sich gern an ihn, wußten von ihm zu erzählen. Seine Schwägerin sagte mir mit Recht: „Großen Anteil an diesem Eindruck hatte seine sympathische Stimme, denn für diese haben die Menschen oft viel mehr Empfindung als für die Worte." — Als in den 70er Jahren Krawall in Stuttgart war, fand Vischer, als er zum Nachtessen in sein Wirtshaus „Zur Schule" gehen wollte, die Straße von einer Linie Soldaten gesperrt. Keine Möglichkeit, in die Quergasse zu gelangen, sie hielten die Bajonnette vor. Da trat er auf einen der wackeren Burschen zu und sagte: „Wisset Sie, jetzt hab' i de ganze Tag g'schafft, jetzt muß i au ebbes z'esse han, — lasse Sie mi durch, daß i in mein' Kneip komm." Der Soldat sah ihm ins Gesicht: „Ja, desch wieder ebbes anders", erwiderte er kopfnickend, und Vischer konnte ungehindert durchgehen.

Aus dieser Zeit der Unruhe giebt es noch manch Geschichtchen von ihm. Bekanntlich gehörte er 1848 zum

Frankfurter Parlament und wie Uhland zur „gemäßigten Linken". Er hat schon damals goldene Worte über die allgemeine Wehrpflicht gesprochen; seine begeisternden Reden wurden in einer Zeitung mit den Worten erwähnt: „Vischer hat als Zauberer gewirkt". Kurz darauf kam er nach Unbingen, wurde aber mit großem Geschrei von den Bauern empfangen. Sie warfen ihm die Fenster ein und wollten ihn aus dem Wagen reißen. Weshalb? Weil er ein Zauberer sei, als Zauberer gewirkt habe, sie hätten's selbst gelesen, und so einen wollten sie in ihrer Gegend nicht dulden! Es hielt schwer, ihnen ihren Irrtum klar zu machen. —

Die Freunde, die so lange mit ihm gelebt, sagten oft, wie er so Vieles in unserer politischen Entwickelung vorausgesehen, mit prophetischem Geiste geahnt, daß ein thatkräftiger Fürst sich an die Spitze Deutschlands stellen und uns die Einheit bringen werde, ein thatkräftiger Regent und ein geistreicher Staatsmann. Das sprach er aus, noch vor den Kämpfen um Schleswig-Holstein, als Deutschland überall zurückstehen mußte. Als dann die Einheit, das Reich wurde, wie hohe Dinge redete er von der Bedeutung desselben, von der Rücksicht und Achtung, welche man dem Staat schuldig sei, von der Verpflichtung jedes Einzelnen, strebend und erhaltend mitzuwirken am inneren Ausbau.

„Die ,Frankfurter Zeitung' taugt nicht," sagte er einmal, „sie rüttelt am Reich." Darum waren ihm die alten Römer so ehrwürdig und großartig, weil sie den

Staat geschaffen, die strenge Staatsidee; „Aufgehen des Einzelnen im allgemeinen, das ist ja Religion."

Wegen seines strengen Pflichtbegriffs liebte er Friedrich den Großen, dessen Philosophie „die rein mechanische Weltanschauung" ihm sonst tot und leer war. „Aber eine sehr gesunde Ethik, gar nicht französisch; ein Pflichtbegriff, der kategorische Imperativ, so streng wie bei Kant." Wir erinnerten an sein furchtloses Erscheinen unter den Österreichern, nach der verlorenen Schlacht bei Collin. „Ja," sagte Vischer nachdenklich, „das ist die geheimnisvolle Macht der Größe."

Als leuchtender Stern der Zukunft erschien ihm eine dereinstige Vereinigung aller germanischen Völker, besonders der Norweger mit den Deutschen. „Wenn's nochmal gut ginge, wenn uns das gelänge, da könnte man der Welt einmal zeigen, was germanisches Wesen vermag! — Aber bis dahin wird der Strom der Reisenden viel verdorben haben, Norwegen wird schon jetzt verderbt durch die Touristen." Er erzählte dann, wie man vormals dort gereist sei, in einem Stuhlkarren. „Das heißt, man bekam einen Sitz und ein Pferd und mußte selber fahren." Manch stilvolle Eigentümlichkeit des Nordens zog ihn an; er erzählte von Wyk auf Föhr, wo er seinen Schwager besucht, in seinem strohgedeckten Haus mit dem Fußboden aus weißen blaugeblumten Kacheln; von altertümlichen Gewändern, Frauenjacken aus grünem Sammet, pelzverbrämt und goldgestickt und von den großen blonden rassemäßigen Friesinnen. „Wenn wir an Norddeutschland denken und kennen es noch nicht," sagte er lächelnd, „so haben wir sogleich den Begriff der Öde und Dürftigkeit. Sie haben ja keinen Wein! man trinkt ihn dort aus kleinen Kelchgläsern, man trinkt gebranntes Wasser und viel Thee. Da ist man dann aufrichtig erstaunt und erfreut, wenn man hinkommt, und es wird sogar reichlich gegessen, und es giebt schöne Wälder und fette Wiesen da oben. Mißverständnisse laufen freilich wohl immer ein. Ein Bekannter von mir kam nach Berlin zu Freunden; er trank dort den Kaffee, und später dann gab's einen Tisch voll guter Sachen, so feine Würste und Gänsebrust und Dinge, die er gar nicht kannte, die ihm aber sehr wohl schmeckten. Nun also, er aß, so gut er konnte; als ihm dann noch zugesprochen wurde, sagte er: mehr könne er wirklich nicht, er verderbe sich sonst das Nachtessen. Da gab es verdutzte Gesichter! Wie konnte der Schwab aber auch vermuten, daß es ein Nachtessen ohne Supp irgendwo in der Welt geben könne! Solange er die nicht bekommen, glaubte er, das Nachtessen sei noch auf dem Wege." —

Vischer war oft unzufrieden, daß Frankreich nicht vergessen wollte; und daß auch wir Deutschen dadurch immer wieder zu feindseliger Gesinnung gegen unsere westlichen Nachbarn gereizt wurden. „Ich möchte einen Aufsatz schreiben," sagte er nicht lang vor seinem Tode, „die Vernunft in der Weltgeschichte", und möchte aus Leibeskräften darauf hinweisen, daß Frankreich und Deutschland als die zwei bedeutendsten Kulturnationen Europas sich

vielmehr verbinden sollten, statt sich zu betriegen, und
zwar verbinden gegen Rußland, gegen die Barbaren!
Krieg mit Rußland, das sind die Perserkriege," sagte
Vischer, „nur noch tausendmal schlimmer, denn die Perser
waren lange nicht so übel, wie die Russen es sind; sie
waren viel anständigere Barbaren mit einer herrlichen
Religion. In Rußland ist ja der Beamtenstand verfault,
das ist das ärgste. O, daß ich's doch noch erleben dürfte,
daß wir sie klopfen, klopfen!"

Im Vischerschen Hause las er uns auch den „Hym=
nus an das Mitleid" vor. Es kam zufällig; wir baten
ihn darum, da wir wußten, daß es kurz zuvor entstanden
war. Was für eine weihevolle halbe Stunde war das!
Alles wirkte wunderbar zusammen: der alte Mann mit
den feinen, leise verwitterten Zügen, die während des
Lesens immer geistiger, ahnender, fremder wurden; der
Kreis ringsum, der diesem greisen Apostel des Mitleids so
andächtig, so tief ergriffen zuhörte, und dabei in allen
Herzen die sichere beglückende Empfindung: jedes Wort ist
tiefgefühlte und gelebte Wahrheit bei diesem Dichter. Lange
blieb es still, als er geendet; es war, als scheue sich Jeder,
die Weihe selbst durch ein Dankeswort zu unterbrechen. —
Ich mußte an den Ausruf denken im „Auch Einer":
„O Leiden des Mitleids, das nicht raten, nicht helfen
kann!" Wie viele Leiden dieser Art haben Vischers weiches
Herz durchschnitten! Auch um die gequälte Tierwelt, die
klaglos zu dulden verurteilt ist. Er sagte oft: „Hätte
das Pferd einen Schrei für den Schmerz, sie würden es

minder grausam behandeln; da ist zum Beispiel das so=
genannte Anglisieren des Schweifs, man bindet ihn so
lange in die Höhe, bis die letzten Rückgratwirbel ver=
krümmt und verkürzt sind, das ist während der Prozedur
eine beständige Marter für das Tier, und wenn der Zweck
erreicht ist, was dann? Man hat sich eingebildet, der
kurze Büschelstumpf sei schöner, aber das arme Geschöpf
hat seinen natürlichen Fliegenwedel verloren, und seine Ge=
fühlssprache ist um ein Organ ärmer geworden. Aber
das bedenkt kein Mensch." — Von der schändlichen, be=
sonders in Italien häufigen Quälerei, gefangene Vögel
mit dem Füßchen an einen Faden zu binden, daß sie ver=
zweifelt aufflattern, bis das gebundene Glied aus dem Ge=
lenk gerissen ist, hat er uns oft mit Empörung erzählt.
Er kaufte die armen Tierchen regelmäßig den grausamen
Kindern ab, „oft war es leider zu spät, der Vogel schon
verloren." Die Schwägerin erzählte uns, wie sie auf
einem gemeinsamen Spaziergang sahen, daß Knaben einen
Vogel so von Hand zu Hand wandern ließen. Es war
eine Wachtel, die sie im Felde gefunden hatten. Vischer
kaufte ihnen das geängstete Tierchen ab, trug es eine Weile
zärtlich in der Hand, setzte es endlich in einem Kornacker
nieder und sah ihm noch eine Zeit lang beruhigt nach. —
Als er noch in Zürich war, kam allnächtlich eine Maus
in seinen Speiseschrank und höhlte sein Brot aus. Sie
ward zuletzt gar zu frech, und die Wirtin fing sie in der
Falle. Das war nun Vischer leid; er trug die Falle weit
hinaus aufs Feld und ließ den Schelm dort springen. —

Wir erzählten ihm einmal ganz zufällig, wir hätten einen „lebigen Christbaum“, das heißt, die kleine Fichte sei mit den Wurzeln ausgehoben und in einen Kübel gesetzt, werde nach Weihnachten wieder eingepflanzt; es sei ja schade, ein Bäumchen im vollen Wachsen abzuhauen. Das gefiel ihm sehr. „Das ist buddhistisch empfunden, buddhistisches Naturgefühl“, sagte er. — Liebe zu den Tieren war ihm von Kind an eigen. Er habe einmal einen zahmen Star besessen, sagte er uns, der ihm überall hin nachgeflogen oder gar in aller Zutraulichkeit nachgelaufen sei. So einmal auch über die Straße. „Da schießt plötzlich aus einem Hause eine Katze hervor und zerreißt ihn. Ich war fast noch ein Bub damals, aber glauben Sie mir, daß es viele Jahre gedauert, ehe ich wieder durch die Straße gehen konnte? Und heut noch denk ich dran, jedesmal, wenn ich an dem Haus vorübergehe.“ In Tiergeschichten war er unerschöpflich, seine Lieblinge aber blieben die Hunde. Das weiß jeder, der den „Auch Einer“ kennt. Er war selten ohne Hund, oft hatte er zwei. „Man kann schon zwei haben, wenn sie in einem angenehmen Gegensatz stehen“, sagte er auf meine Frage, ob nicht solch ein Verhältnis eigentlich exklusiv sei wie etwa die Ehe! Natürlich hatte er nun oft den Schmerz, eins der treuen Tiere zu verlieren, oft, in einem so langen Leben. Ein Hund wurde bei einer Rauferei von andern grausam gebissen, während Vischer verreist war. Trotz aller Pflege starb er bald. Er habe, sagte Vischer mit Thränen in den Augen, nicht seinen letzten Blick sehen können, und in diesem liege der volle Ausdruck der Treue und Liebe des Hundes zu seinem Herrn. Ein anderer vorzüglicher Hund ward so krank, daß er ihn aus Erbarmen töten lassen mußte. „Ich habe heute einen schwarzen Tag," klagte er seinen Verwandten, „ich hab' den Schnauz umbringen lassen." —

Wenn einmal kein rechtes Gespräch in Gang kommen wollte, da erzählte Vischer Anekdoten, meist selbsterlebte. Er schwelgte oft in humoristischen, einfach=närrischen, pointelosen Geschichten, es wäre unmöglich gewesen, nicht von Herzen mitzulachen. Er beherrschte ja auch fremde Dialekte mit merkwürdiger Sicherheit, unterstützte sich durch Mienen= und Gebärdenspiel, ja er spielte eigentlich alles, was er erzählte. Besonders Geschichtchen von Volkswitz brachte er gern, so was von den Bopfingern erzählt wird. Dort sei nämlich einmal ein Kaufmann aus fernen Ländern zurückgekehrt, habe ein Straußenei mitgebracht und es der guten Stadt zum Geschenk gegeben, doch habe er ihnen weisgemacht, es sei ein Elephantenei. In feierlicher Rats= sitzung ward beschlossen, das Ei dürfe nicht verkommen, müsse vielmehr ausgebrütet werden, und zwar dürfe es nur der Herr Bürgermeister thun, weils doch ein Elephantenei sei. „Es wird also ein kleiner Hügel ausgelesen, dort ein Nest gemacht, und der Bürgermeister sitzt darauf hin und brütet. Es wird ihm aber gar langweilig, und er steht auf und will sehen, ob denn der Elephant noch nicht bald auskriecht. Dabei kugelt das Ei den Hügel hinunter und jagt unten einen Hasen aus seinem Lager auf, der weiter springt. Da meint der Bürgermeister nicht anders, als das Ei sei schon zersprungen und ruft: „Elefantele, Elefantele, so spring doch net fort, i bin jo bei Tattele!" — Dann von dem Berliner. Es sei einmal einer in ein bairisches Wirtshaus gekommen, da kriegt er eine frische Blunse (Blutwurst) aufgetragen. Der Berliner sticht mit der Gabel hinein, alsobald spritzt ihm der blutige Saft entgegen. Da fällt er vor Schrecken hinten über und schreit: „O Jott, die Wurst is ja noch nich janz dodt!"

Einmal kam Vischer in ein Wirtshaus am Rhein und fragte den Kellner: „Was giebts zu essen?" Dieser antwortete geziert: „Jespickter Hecht!" „I was! mi pickt er net," sagte Vischer und ging wieder hinaus, während ihm der Kellner verblüfft nachstarrte. Vischer hatte verstanden: „Es pickt der Hecht," oder doch gethan, als ob er so verstanden habe.

Ein andermal kehrte er in einem Tiroler Wirtshaus ein, das er schon mehrmals besucht hatte. Die Frau erkannte ihn gleich wieder, „aber," sagte sie, „mein Mann ist gestorben." Doch sei alles beim alten, fuhr sie fort, sie habe ihres Mannes Zimmer im gleichen Zustand gelassen, der Herr könne jetzt dort logieren. Vischer war sehr überrascht von so ungewöhnlicher Pietät: „Das ist aber schön von Ihnen, daß sie sein Zimmer so erhalten haben," sagte er teilnehmend, „es wird Ihnen recht arg gewesen sein, ihn zu verlieren." „O nit so gar arg," erwiderte die Frau trocken, „er ist eben a Viech gewesen." Die Bauern sind nicht sentimental. Die Antwort, sagte

Vischer, welche seine vorige Annahme so gänzlich umstieß, habe etwas unwiderstehlich Lachreizendes gehabt.

Ebenso, wenn die sehr häßliche, aber humoristische Frau Oberjustizrat Dann in Tübingen, bei der Vischer einmal gewohnt, von ihren Schwestern gesagt: „Mer send unsrer siebene gwe, älle gleich schö, darum send mer grad weggange wie de frische Wecke."

Nicht minder komisch war es, wenn Vischer erzählte, in Tübingen habe eine Dame in ein Kaffeekränzchen nicht ein Strickzeug mitgebracht wie die anderen Frauen, sondern eine Kalbsbrust, um sie dort zu füllen und zu nähen. „Es schlägt ja in die Handarbeit, weils doch genäht werden muß."

Einmal auf dem Viktualienmarkt in München war Vischer Zeuge, wie einem alten Marktweib, das dort saß, von einem langen dürren Menschen ein paar Töpfe zertreten wurden. Da schrie sie: „Er ausgesupfter Kohlrabenstengel, er Floriansthürklopfer, jetzt wünsch ich ihm glei a Hord Läus' auf be Kopf un koa Hand zum Kratze." „Nicht wahr," sagte Vischer lachend, „das war doch rein dichterisch geschimpft! in kräftigen Bildern!"

Auch von litterarischen Freunden erzählte er manche charakteristische Anekdote. So von Auerbach, den er sehr gern gehabt, auch als Menschen. „Aber im Wald," scherzte er, „da war der Auerbach gefährlich; da hat er einmal, als wir dort allein spazieren gingen, ein arges Gekuß mit mir angefangen." Über Auerbachs viel besprochene Eitelkeit urteilte er sehr milde, sie hatte für ihn

„etwas kindliches"; Auerbach vergaß ja auch nie hervor=
zuheben, daß er aus dem armseligsten Leben emporwuchs;
die Freude und Dankbarkeit, „daß er aus seinem Dreck
heraus sei," wie er es nannte, stand ihm immer auf dem
Gesichte, und das ward dann oft als leere Eitelkeit miß=
verstanden. Hie und da konnte er freilich wohl protzig
thun. Als er einmal bei Vischers gewesen war und nun
wegreiste, fragte ihn eins der Familie: „So, so, Sie fahren
erster Klasse?" „Ja, wer sollte denn erster Klasse fahren,
wenn nicht unsereins?" meinte Auerbach. — Zu diesem
Ausspruch habe übrigens Strauß das Seitenstück geliefert.
Er wollte eine Strecke mit dem Stellwagen reisen; sein
Bruder aber, der bei ihm war, schien dieses Gefährt un=
würdig zu finden und stieg nicht gleich ein. „Nun," rief
Strauß, „wenn's für mich nicht zu schlecht ist, da mag's
doch wohl auch für einen lumpigen Kölner Zuckersieder gut
genug sein!" (Der Bruder betrieb nämlich dies Geschäft
in Köln.) — Auch Goethes letzte Brautwerbung in Karls=
bad und die drastische Antwort der Dame belustigte ihn
sehr. Goethe habe ziemlich lang und viel gesprochen, und
was habe sie erwidert? „Herr Geheimerat, das ist mir zu
hoch." Da war's zu Ende.

Auch nette Kinderfragen seines Sohnes teilte er mit.
Wie der Robert einmal von einer Schlacht hat erzählen
hören, wie da die Kugeln herumfliegen, „Papa," hat er
nachdenklich gesagt, „giebt es im Krieg auch so ein Haus,
wo man hineinspringt?" Seltsam aber mag es den Vater
durchschauert haben, als der Kleine ihn einmal fragte:

„Papa, kannst du auch den Mann zwingen, wo keine Haut hat?" „Solch einen giebt's ja nicht," hatte er zuerst erwidert. „Ja, schon, beim Nachbar auf einem Bild ist er." Der „Mann ohne Haut", war, wie sich herausstellte, der Tod, in der gewohnten Gestalt, als Ge= rippe gemalt.

Ein Geschichtchen aus späteren Tagen war komischer Natur: Vischer machte mit dem 14jährigen Sohn eine Reise nach Tirol und hatte sich auf dessen Überraschung gefreut. Aber der Knabe blieb finster. „Nun," fragte Vischer, „was machst denn für ein Gesicht hin?" „Jetzt hab ich gemeint, die Tiroler haben so dicke Waden," ant= wortete jener, „und jetzt ist's gar nicht wahr". Es war vielleicht nicht nur diese Zierde, sondern die Tiroler Tracht überhaupt, auf die der Knabe vergeblich gewartet.

Vischer besaß neben dem Humor einen schlagfertigen Witz, der ihm freilich nicht immer dienstbar war. Es war zuweilen nur „Treppenwitz", wie er oft klagte, und wie er's ja auch bei dem „Albert Einhart" und bei dem Vikar in „Nicht 1 a" ergötzlich geschildert hat. „Wenn man mich plötzlich angreift, mir unlogisch in einen Satz hinein= fährt," sagte er mir, „dann verliere ich die Besinnung, dann geht mir eine türkische Musik im Kopfe los, und ich weiß nichts zu sagen. Wie habe ich da immer die Kalt= blütigen bewundert, die Sieger bleiben, weil sie ihre Fassung behalten. Ich kannte jemand, der sich in einem Meinungs= streit derart erhitzte, daß er seinem Gegner zuschrie: „Sie sind ein Rindvieh!" Der andere aber lehnte sich über den Tisch, sah dem Aufgeregten fest in die Augen und fragte höflich: „Wissen Sie das so gewiß?" Das war grandios, nicht wahr?" — In ruhig heiterer Stimmung aber gehorchte ihm der Wiß um so besser. Als in der Kapelle auf dem Rothenberg bei Untertürkheim eingebrochen und viel kirchlicher Schmuck gestohlen worden, sagte Vischer: „Nun, das ist ja eigentlich, was wir alle wünschen, — Trennung des ‚Staats' von der Kirche!" — Als er von der Ischias heimgesucht, einen Freund bitten mußte, ihn auf der Straße zu führen, traf sich's, daß gerade der Prälat Kapff von der andern Seite daher kam, geplagt von dem gleichen Leiden. Nur ging er nach rechts verkrümmt, Vischer nach links. „Sieh," sagte er zu dem Freund, „da kommt der Kapff, jetzt führ mich dicht an ihm vorüber, das giebt dann einen ganz netten österreichischen Adler." — Als Vischer in Tübingen Kolleg las, nahmen sich auf den hintersten Bänken einige junge Leute die Freiheit, zu rauchen. „Meine Herren," rief er, „ich mache Ihnen hier keinen blauen Dunst vor, ich ersuche Sie, mir aber auch keinen vorzumachen." Bekannter ist der Wiß, mit dem er im Jahre 1844 vom Katheder herab seine Suspension auf zwei Jahre und zugleich die Geburt seines Sohnes Robert anzeigte: „Meine Herren, ich habe heute eine unwillkommene Muße und eine willkommene Unmuße, einen großen Wischer und einen kleinen Vischer erhalten." — Sehr gelacht wurde eines Tags, als von Ernst v. Wolzogen die Rede war. Dieser hatte bei Vischer angefragt, ob er ihm sein Buch widmen dürfe. „Ich kann aber die

Widmerei nicht leiden; wenn ich ein Buch aufschlage, will ich da keine Sentimentalitäten sehen. Ein Buch ist nicht für einen einzelnen, das ist für die Öffentlichkeit." — „Zudem," fügte Vischer hinzu, „kenne ich diesen Schrift= steller nicht, und es sind in seinem Briefe einige Frech= heiten vorgekommen, die sich nicht wohl gegen einen älteren schicken." Er habe also ausweichend nur per Karte ge= antwortet, sie könnten ja, wenn Wolzogen im September komme, über die Sache reden. „Der gute Wolzogen ist aber nicht gekommen und hat mein Ausweichen einfach für Ja genommen, mir sein Buch also gewidmet und dazu ein Gedicht verfaßt, das abermals einige Taktlosigkeiten, gering bezeichnet, enthält. Beides hat er mir geschickt. Ich habe geschwiegen, um nicht sehr unfreundlich zu werden. Aber nun schickt er mir eine scharfe Mahnkarte." Ich zeigte nun Vischer einen „Brief an den Herausgeber", den Wol= zogen im „Humoristischen Deutschland" hatte drucken lassen, ein Brief, der trotz des Bestrebens, eines andern Anmaßung lächerlich zu machen, ebenso lächerlich arrogant klingt. Die beste Novelle des Verfassers, die „Gloriahose", war mehr= mals erwähnt. „Ja," sagte Vischer lachend, „das ist es, dem sind früher die Gloriahosen nicht genug gespannt worden."

Als wir fertig gelacht hatten, sagte Vischer plötzlich: „Was sagen Sie zu dem folgenden Novellen=Anfang: ,Das Seil des Seiltänzers, die Erwartung des Publikums und die Hosen der Buben, die nicht länger in der Schule sitzen wollten, waren aufs höchste gespannt!'" Ich bat ihn, er möchte die Novelle doch noch ein bischen länger machen, aber er sagte: „nein, da ist's aus." — „Einmal," erzählte ein Freund, „stand Vischer mit mir vor dem Gorilla in Frankfurt. Der kleine Afrikaner sah aber mißmutig aus. Da guckte ihn Vischer mitleidig an und sagte: ,Gelt, gelt, du bist betrübt, daß du 's Examen zum Menschen nicht bestanden hast!'" — Unendlich komisch wirkte es auch, als einmal von seinen Bildern die Rede war und seine Schwägerin sagte: „Du bist viel hübscher als all' deine Bilder." „Ja," lispelte er, verschämt die Augen niederschlagend, „da zupfe ich errötend an meiner Schürze." — Bei einem Wiener Photographen war ihm einmal etwas Spaßhaftes begegnet. Als die Sitzung beendet war, gab er Namen und Adresse an. Da sprang der Photograph in die Höhe und schrie: „Sie sind der Vischer? der Verfasser der Ästhetik? Aber über die hab' ich ja ein Buch geschrieben, einen Kommentar, so dick! so dick! Warten Sie, warten Sie, ich hol's Ihnen." Vischer saß in großen Ängsten, denn der Mann brachte wirklich ein ungeheures Manustript herangeschleppt. Vischer stotterte, so auf der Reise werde er schwerlich die Muße haben u. s. w., und der Photograph ließ sich denn auch vertrösten. Doch bestand er darauf, ihn noch einmal zu photographieren: „Und nun geben Sie ihrem Blicke ein gewisses Etwas!" ermahnte er ihn wiederholt. — Es ist allerdings so, daß Vischers Bilder alle nur eine Seite seines Wesens geben, ein Porträt, von Meisterhand gemalt, ist leider nicht vorhanden. Weit verbreitet ist die Zeichnung

von Maler v. Bohn, doch enthält sie eine störende Verkür=
zung des unteren Gesichts im Vergleich zum oberen. „Und
den Bart hat er mir stilisiert, ich sehe drauf aus wie ein
Rattenfänger," sagte Vischer.

Großen Spaß hatte Vischer an einer kleinen Kari=
katur von ihm selbst, die damals verbreitet wurde, als er
zwischen München und Stuttgart schwankte. Sie stellt
Vischer dar als wandernden Handwerksburschen, die ge=
nagelten Stiefel und den Ranzen auf dem Rücken, das
Gesicht ist nicht karikiert, er trägt den großen weichen Filz,
den alle an ihm kannten. Von der einen Seite winkt ihm
eine flotte Münchnerin mit einem schäumenden Maßkrug, von
der andern Seite der Minister Golther mit einem Teller
voll schwäbischem Sauerkraut, Blutwurst und Spätzlen.

Wir hatten schüchtern die Bitte ausgesprochen, Vischer
möge sich einmal zum Nachmittag bei uns ansagen, freilich
nur, nachdem er selbst schon versprochen: „Ich komme zu
Ihnen, mit dem Zusatz, weil Sie mir's erlaubt haben."
Einmal hatte er uns leider verfehlt. Da bekamen wir
eines Morgens ein zierliches Briefchen dieses Inhalts:

„Verehrte 2 = 1!

Wenn es Ihnen morgen Nachmittag gewiß nicht
unangenehm ist, erlaube ich mir, zu kommen, c. 4 Uhr.
Bitte aber, mir gewiß mitzuteilen, wenn Sie schon anders
disponiert haben.

Bestens grüßend

Sonntag, 23. Mai 86. Fr. Vischer.

So sollten wir endlich die Ehre und Freude genießen,

ihn bei uns zu haben. Wir eilten mit der wundervollen
Nachricht gleich zu unsern Hausgenossen, der Frau Pfarrer
Hartlaub und ihrer Tochter. Auch mit diesen, die uns
liebe Freunde geworden, hatte Vischer unsern Verkehr ver=
mittelt. Sobald sie einzogen, sagte uns Vischer: „Der
verstorbene Pfarrer Hartlaub war der beste Freund von
Eduard Mörike, die Frau Pfarrer ist eine feinsinnige,
tiefer gebildete Frau, desgleichen die Tochter, aus deren
Augen eine nicht gewöhnliche Seele spricht. Mit denen
müssen Sie gute Nachbarschaft halten, die werden Ihnen
viel vom Mörike erzählen." Ebenso hatte er Hartlaubs
auf uns aufmerksam gemacht, und so waren wir einander
von vornherein kaum wie Fremde entgegengetreten, Ver=
ständnis, Freundschaft hatten sich schnell ausgebildet.

Am Nachmittag that sich ein starker Wind auf, der
Himmel wurde immer schwärzer, und gegen 4 Uhr brach
ein ungestümer Gewitterregen los. „Jetzt kommt er nicht,"
sagten wir traurig. Punkt vier aber klingelte es an der
Gartenpforte, wir schauen hinaus — wirklich Vischer!

Wir begrüßten uns unter dem triefenden Birnbaum;
auf unsere bedauernde Klage, daß er sich in dem furcht=
baren Gewitter herausgewagt, erwiderte er lustig: „Der
Regen hat mir niemals imponiert." Der Xanthos, naß,
aber gleichfalls unerschrocken, schwänzelte vor uns die Trep=
pen hinauf. Vischer hatte nicht einmal den Überrock um=
geworfen, sondern trug ihn ganz durchnäßt auf dem Arm;
— wir waren in herzlicher Sorge, er könne sich erkältet
haben, aber davon wollte er nichts wissen, nahm nur

einen Plaid an, um ihn sich über die Kniee zu breiten, und setzte sich gemächlich aufs Sofa. Er besah sich die Bilder und sagte, auf die ihm gegenüber hängende Photographie eines Bildes von Dürer deutend: „Da ist ja auch der alte Holzschuer; ich habe das Bild noch in dem Holzschuerschen Hause selbst gesehen, ehe es verkauft wurde, und konnte nicht umhin, zu bemerken, daß das Mädchen, welches mich dort umherführte, die Tochter des Hauses, dem Bilde noch ähnlich sähe; es ist eines der Hauptbilder Dürers". — Beim Thee, den Vischer sich statt des Kaffees ausgebeten, sagte er, sehnsüchtig denke er an die Zeit, da er nach solcher Vorsicht nicht gefragt. „Als wir in Blaubeuren waren, so mit 13, 14 Jahren, was konnten wir schlingen! Hufeisen hätten wir essen können!" Dann erzählte er uns von seiner letzten größeren Gebirgstour in Welsch=Tirol, die er mit 74 Jahren gemacht und die ihm so in die Knochen gefahren sei. „Ich wanderte von Trient westlich, nach der Graubündner Richtung zu, und kam dort in die fürchterliche Fels= und Steinwelt der Sarcathäler. Öd, dürr, düster, voll entsetzlicher Abstürze und schauriger Abgründe, — aber großartig. Erst nach Stenico, — sie sprechen dort alle italienisch, aber es war natürlich einst deutsch, — das Italienische bringt nur alljährlich weiter vor, — selbst dieser Name bedeutet: das Steinige. Da wollte ich über ein Joch gehen, an dem Gebirgsstock des Adamello vorüber und so an den Garda=see. Man hatte mir gesagt: 6 Stunden. Aber ich wanderte und wanderte, und es war herrlich oben auf der

Höhe. Als ich endlich in das mindest etelhafte Wirtshaus einkehrte, sagte mir der Wirt: „Kein Wunder, daß Sie Hunger haben, Sie haben einen 10stündigen Marsch hinter sich!" Das war nun doch zu lang gefastet, seitdem habe ich den Magenkatarrh." Wir sprachen noch über die Bläue des Gardasees. „Vitriolgrün, blau mit einem grünlichen Hauch," nannte er die Farbe und fügte hinzu: es ließe sich im Ernst darüber streiten, ob man so etwas malen dürfe. Es sei doch eine Ausnahme und wirke im Bilde theatralisch; — das könne man nur in der Natur sehen, „denn die Natur ist bekanntlich n i e kokett." Auch vom Blautopf war die Rede; er fragte uns, ob wir auch im Kloster Blaubeuren gewesen seien, und riet uns, es zu besuchen und die schönen Schnitzereien am Altar nicht zu versäumen. Auch das Rusenschloß müßten wir sehen, eine der schönsten Ruinen Deutschlands. „Man kann ganz bis oben hinaufgehen. Wie sind wir als Buben an dem Felsen emporgeklettert! Der Fuß ruhte, nur der eine oft, auf einem zollbreiten Stein, und der war bröcklig. Mir kommt ein Schwindel nachträglich, wenn ich uns da im Geiste hängen sehe. Wer hinabgestürzt wäre, zu Staub wär' er zerschellt!" Er schilderte uns dann die nicht großartig schöne, aber sehr charakteristische Alb „mit den stahlblaugrauen Tönen der Kanten, mit der meist kasten= oder sargähnlichen Gestalt der einzelnen Berge, unter denen dann wieder einzelne die kecke kegelige Form haben, wie die Achalm und der Hohenstaufen, auch der Jörgenberg bei Reutlingen, der so frei und kühn dasteht," so

„unſcheniert" nannte es der Bauer, der Viſcher dort ein= mal herumführte. Ganz der Alb eigentümlich ſeien auch die weiten Fluchten von kurzem Graſe mit einem einzelnen Baum hier und da; der Maler Koch habe das zuweilen dargeſtellt. Auch das tief eingeſchnittene obere Donauthal ſollten wir doch beſuchen. „Das hab' ich einmal mit ſchöner Staffage geſehen," ſagte er, „alles eingehüllt in den Rauch von einem Kohlenmeiler, und auf dem Fluſſe herüberrudernd ein Knabe und ein Mädchen mit einem toten Reh zwiſchen ſich."

Während dieſer letzten Worte hatte Viſcher in ſeinen Taſchen unruhig geſucht und ſagte nun plötzlich: „Ich werde leider nicht lange bleiben können, ich habe, wie es ſcheint, meine Zigarren vergeſſen." Gerade beim behag= lichen Plaudern war ihm das Rauchen faſt unentbehrlich. Wie freuten wir uns, als die geſuchten ſich doch noch im Überrock fanden und wir nun Viſcher noch einige Stun= den bei uns ſehen durften! Er zog ein großes Couvert aus der Taſche: „Da hab' ich Ihnen einiges von mir gebracht, das Sie noch nicht haben. Neulich war der Verleger bei mir; er hat den Charmanten gemacht und mir alle dieſe Beiträge einzeln abdrucken laſſen und in mehreren Exemplaren überreicht. Da bekommen Sie nun von jedem zwei, für Sie beide je eins. Den Beitrag über unſere „Fremdwörterbetteljacke", den ich ihm früher für ſein Blatt verſprochen, gab ich ihm aber nicht; er durfte die Kulturkampfſtelle aus dem Engelſchen Artikel nicht ſo ſtreichen, es war ein grober Vertrauensbruch."

Als wir sagten, wir hätten eigentlich an je einem Exemplar für beide genug, neckte er uns sehr lustig, sagte unter anderem: „Ich hab' ein paar Studenten gekannt, die hatten sich so gern, daß wenn der eine einen Rausch hatte, der andere gleich den Kater bekam. Ist das nun bei Ihnen auch so?"

Von den Gedichten, die er uns mitgebracht, hat er uns dann einige vorgelesen, so „Unterm Buchenbaum", wozu er sagte, es erscheine fast wie eine Reminiscenz an Mörikes „Agnes", doch könne er durchaus nicht sagen, ob es in irgend einer Anlehnung daran entstanden sei. „Wenn Mörike lebte, würde ich ihn fragen: glaubst du, daß dieses neben deinem Gedicht selbständig bestehen kann?" Das Gedicht „Warnung" las er uns „als eine oft ge= machte Erfahrung"; es ist das, welches beginnt:

„Die Lober meide!

Sie führten ein Stückchen Kreide —.

Das prächtige, unheimlich schöne Gedicht: „Die Schlacht" gewann, da er es ungestüm, fast heftig las, etwas grausig Hinreißendes. Ich zeigte ihm ein paar lyrische, eben ge= druckte Sachen. Ihm gefiel besonders ein Gedicht „Mariele", das sei echter Liederton, und auch ein gutes Bild, wie das Mädel dem schwarzen Schmied die Milch zu trinken giebt.

Auch über meine Novellen sagte er mir noch viel· Freundliches. So über den „Fleetenkieker"; das Ganze sei „ein schönes Menschheitssymbol: der physische Schmutz und der innere Adel des Kerls; das ist ein Moment, das die Geschichte aus dem ganz Gewöhnlichen, Zufälligen sogleich heraushebt." Die „Schneehütte" nannte er „aller= liebst"; „es ist auch wieder eine hübsche Symbolik darin; das mit dem Einstürzen der Hütte ist symbolisch für den komischen Effekt überhaupt; denn während das Paar sich in die Hütte flüchtet, weil es glaubt, dort sicher zu sein, thut es das Allerzweckmäßigste, um entdeckt zu werden, eben weil die Hütte einfällt; diese Entdeckung aber führt alles zum guten Ende. Wüßten sie vorher, daß die Hütte einfallen würde, so könnten sie ja auch nichts Besseres thun, als dort hineinschlüpfen; — Sie haben doch wohl besonders von Storm gelernt?" Ich bejahte freudig. — Vischer fragte, ob uns der Weg bis zur Stadt nicht zu weit sei bei schlechtem Wetter. Wir verneinten. „Ja," sagte er, „das ist schön, das ist jugendlich, das habe ich nun gern. Ich habe auch nie einen Marsch gescheut in jüngeren Jahren, und meistens hab' ich drei, vier Stock hoch gewohnt, so etwas Bergsteigen schadet nicht."

Es waren unvergeßliche Stunden. — Als Vischer gegangen war, kam die ehrwürdige Frau Pfarrerin Hart= laub (sie ist nun auch schon nicht mehr unter den Leben= den!) herauf und sagte: „Nun ist Ihr Stübchen geweiht, nun wird es Ihnen doppelt lieb sein." Sie war mit Vischer nicht zusammengekommen, ihre religiösen Ansichten wichen zu sehr von einander ab, aber „ich habe mich im= mer für ihn interessiert," sagte auch sie; „als ich ihn noch nie gesehen hatte, hatte ich schon soviel von seiner

Handlungsweise gehört, daß ich oft gesagt habe: das muß
ein edler Mann sein."

Im April 1887 ward Ludwig Uhlands 100jähriger
Geburtstag in Stuttgart festlich begangen. Die schöne
Feier ward eingeleitet durch eine Festvorstellung auf dem
Hoftheater; man gab Uhlands Drama „Ernst von Schwa=
ben" oder „Deutsche Treue", zuvor aber ward ein Fest=
spiel aufgeführt, das Vischer dazu verfaßt hatte.

Vierzehn Tage vor der Darstellung las Vischer bei
seinen Verwandten einem zahlreichen Kreise das Gedicht
vor. Wir durften dabei sein. Es war wieder ein Ge=
nuß der feinsten und höchsten Art, eine schwung= und
weihevolle Dichtung Vischers von ihm selbst vorgetragen
zu hören. So viel Wärme bei so viel Klarheit, so viel
Glauben an die Menschheit bei solcher Geistesschärfe! Und
dazu diese Sprache, tönend wie edles Erz, machtvoll, tief
und weich, diese Verse, die wie die rhythmisch bewegten
Fluten des Meeres dahinrollen. Neben dem Nachspiel
zum Faust ist das Uhlandfestspiel wohl das Abgeklärteste,
Edelste, was Vischer geschrieben, hier wie dort hatte ihm
pietätvolle Liebe und Begeisterung die Hand geführt. Sein
schöner milder Schwanengesang! Wohl werden noch Kämpfe
kommen unter den Völkern, aber er sieht schon darüber
hinaus in eine bessere Zeit:

„Doch in den Höhen, wo die Geister thronen,
Dort wetzt man keine Schwerter, dort ist Friede,
Dort schlingt die Liebe nur ihr heilig Band,
Dort scheidet nicht der Zunge fremder Laut

Den Menschen von dem Menschen, dort entzweit
Nicht Volk mit Volk der Stolz, der schele Neid,
Dort ist die Losung: auf ihr Nationen
Zum edlen Wettstreit! Auf und strebt versöhnt
Im freien Tausche reinen Wechselwirkens
Zum höchsten Ziele: mit vereinten Händen
Zu bauen und die Menschheit zu vollenden!

Gedenket gerne, daß Geschwister sind
Die Nationen, Eines Hauses Glieder!
Und wird euch Macht, als Meister zu gebieten,
So rufet aus: ihr Völker, blüht in Frieden!"

Das ist's, was er uns, seinen Deutschen zuruft. Wie ist
der allzeit Kampfesmutige hier sanft, der Starke hier fromm
geworden. Ein leiser Schauer rührte mich, wie ich ihm
zuhörte, als kämen jene Worte schon von „dort". — Als
er aber geendet, war er wieder der heitere schlichte Mann.
der gute Gesellschafter, der alle lachen machte. Es war
die Rede von der Aufführung, die Vischer mit den Schau=
spielern selbst einstudierte; die Germania machte ihm große
Freude, mit dem Genius Schwabens hatte er ein bischen
Not, denn die übrigens sehr anmutige und bereitwillige
Schauspielerin fiel leicht in eine verkehrte Betonung. —
Eine Dame sagte: „Wenn sie ganz ungestört sein wollen
bei der Aufführung, Herr Professor, so thäten Sie am
besten, in den Hintergrund der Hofloge zu gehen." Da
lachte er und brummte: „Nei', ich geh' in kei' Hoflog',

Johann, der muntere Seifensieder, gehört in kei' Hoflog'."
— Am 24. April war die Vorstellung. Die Scene stellte
ein Waldthal dar, ernst und feierlich, mit einem hellen
Durchblick nach oben; in der Mitte, auf einem Steinblock,
erhob sich die Kolossalbüste Uhlands. Leise, getragene
Musik ertönt und hervor tritt der liebliche Genius Schwa=
bens in idealischer, halbländlicher Tracht mit dem Lorbeer=
kranz, um ihn „dem echten Sohn" und dem „gerechten
Stolz des Landes" auf die Stirn zu drücken, „dir, als
dem Unsrigen." — In diesem Augenblick erscheint von
der andern Seite die herrliche Germania (Frau Wahl=
mann), anzusehn wie das lebendig gewordene Niederwald=
Denkmal, und ruft mit ihrer vollen Metallstimme:

„Dem Unsrigen, — so ist's, wenn du, Geliebte,
Alldeutschland in des Wortes Laut befassest. —"

Und nun erzählt sie von seinen Wanderungen „im
deutschen Urwald", „in den Götterhainen der Ahnen",
wo er „seine Kräfte eingesogen", von seiner Liebe zu dem
ganzen Deutschland, das er nicht geeint hat schauen
dürfen, und vergleicht ihn schön mit Walter von der Vogel=
weide, dessen Leben auch fiel in die zerrissene traurige Zeit:

„Umschwebst du uns? Sieh her, dein Deutschland ist,
Es ist, es lebt, es war kein leerer Traum,
Ist frei und einig, groß und stark. — Du aber,
Vergiß es nicht, mein Volk, daß in den Kitt,
Womit du deine Quader hast gemauert,
Die Thränen deiner Besten sind gemischt!

Sie will mit der Schwester vereint, „den Kämpfer
für das Recht", „den Dulder" krönen, da erscheint über
ihnen in griechischem Gewande mit einem strahlenden Stern
auf dem Haupt der Genius der Menschheit (Kathi Frank):

„Der ganzen Menschheit, mir gehört er an.

Mit Schwalbenfittich zog sein klingend Lied
Hinaus ins Weite, selbst der Ozean
Gebot nicht Halt. Die Völker kennen ihn.

Hoch über Wolken thront ein Geisterkreis
Die Auserlesnen aller Völker sind's,
Die edlen Toten, die durch Wort und Werk
Und That der Menschheit Bildner sind geworden.
Als heil'ge Wächterschar behüten sie
Und mehren sie der Menschheit geist'gen Hort.

Sie machen, daß die Völker nicht versinken. —"

Nun folgt eine tiefergreifende Beziehung auf die
Gegenwart. Wird, fragt der Genius Deutschlands, die
Wolke sich entladen, die schlachtgewitterdrohend über uns
hängt? Der Genius der Menschheit:

„Wehrt euch!
Steht fest! Der Menschheit Genius
Will Nationen, die sich selber achten.
Und muß es sein, muß es zum Schlage kommen,
So werden im gerechten Notwehrkampf

Euch Geister führen, wie bei Marathon
Unsichtbar sichtbar seiner Griechenschar
Theseus voranschritt, uns der letzte nicht
Der Bundsgenossen aus dem Geisterreich
Wird dieser sein, dem Heldensänger gleich;
Der einst im Hastingsfeld sein Rolandslied
Wie Sturmwind brausend den Normanen sang." —

Und nun treten alle drei zu dem Bilde Uhlands, um
seinen Segen zu erflehen fürs Vaterland, seinen Schutz
auch in inneren Gefahren. Germania spricht:

"Vom Kriege nicht sind einzig wir bedroht.
Die Zeit ist schwunglos. Niedrig jagt am Boden
Ihr Denken hin nach Gold und nach Genuß;
Die Klugen lobend, und die Guten höhnend.
Erfindungsreich zwingt sie des Stoffes Kräfte
In ihren Dienst, und keuchend trägt sie selbst
Das Joch der unterirdischen Dämonen.
Ja, wir bedürfen reiner Geister Hilfe!
Du Siegfriedsgeist, den Drachen hilf uns töten,
Züde dein blankes fleckenloses Schwert!
Sei mit uns!" — — —

Zuletzt fassen alle drei den Kranz und legen ihn auf die
Stirn des Dichters. Unter sanfter Musik fällt der Vorhang. Der Eindruck war ein begeisternder; ich habe kaum
je ein so mitfühlendes Publikum beobachtet. Die Schauspieler wurden viermal gerufen, und dann immer wieder
erscholl es: Vischer! Vischer! Vischer! Er ist aber nicht

gekommen, hat bittend und dankend aus seiner Loge herab=
gewinkt, und Frau Wahlmann hat dann gesagt: „Ich
danke Ihnen im Namen des Dichters."

Hätte Vischer doch mehr Dramatisches geschrieben!
Er hätte gewiß die Gabe besessen, auch die Massen zu
gewinnen, zu bezwingen, und wie hätte ein solcher Geist
von der Bühne herab wirken müssen!

Auf die schöne Uhlandsfeier folgte Ende Juni die
noch schönere Vischerfeier, glänzende, unverlöschliche Tage.
— Vischer sah seinem 80. Geburtstag mit einiger Be=
klemmung entgegen, denn es konnte ihm ja schon lange
zuvor nicht verborgen bleiben, daß etwas im Werke sei:
Professor Donndorf fertigte seine Büste, wozu er doch sitzen
mußte; wenn er auch so gefällig war, nicht zu fragen so
mußte er ja doch wohl merken, daß sie für ihn selbst zum
Geschenk bestimmt sei. Ebenso mußte ihm von der studen=
tischen Feier zuvor Mitteilung gemacht werden, man durfte
ihm doch nicht mit zuvielen Überraschungen kommen, die
Aufregung dieser Festtage war ohnehin schon groß. Sein
Freund Wolff sagte ihm vorher, was er wissen mußte,
und nun war es ergötzlich, seine Späße und Einwen=
dungen gegen die „Gugelfuhr" zu hören. „Aber," jam=
merte er (es war im Vischerkaffee), „was soll ich denn mit
den Leuten alles schwätzen? Was soll ich denn anziehn?
Ich hab' ja keinen Rock! Da muß ja wohl ein Frack her,
und ich hab' nur den alten, und der ist geflickt! Und
einen neuen bestellen, jetzt, so dicht vor der Geschicht', das
ist ja auch unschicklich, — so offen sich vorbereiten auf

etwas, das eigentlich doch Überraschung sein soll! Ach, wenn ich nur erst 'köpft wär', ich armer Malefikante!" Wolff erzählte, die Studenten hätten erst den Plan gehabt, Vischer mit großer Feierlichkeit abzuholen und ihn in einem geschmückten Wagen, die Deputation voran, durch die ganze Stadt zu fahren; das aber habe er entschieden abgeschlagen. Vischer war ganz selig über diese Änderung. „Ich, als der Helfer Brehm*) und du als mein Beichtiger in der Polytechnikumschais'", lachte er. Dann, sich zu mir wendend, mit ganz ernsthaftem Gesicht: „Es war eigentlich bestimmt, daß ich auf 'm Schimmel vorausreiten sollt', das wär' doch noch schöner gewesen, was?" Es leuchtete aber

---

*) Vischer hatte bekanntlich als junger Student eine Morithat verfaßt, betitelt „Leben und Tod des Joseph Brehm, gewesten Helfers zu Reutlingen". Seine Schwägerin sagte mir darüber: „An diesem Gedicht hatten die Meisten eine große Freude, und noch jetzt wird Einzelnes daraus oftmals zitiert, aber humorlose Menschen und Pietisten haben sich daran geärgert, und er selbst hat auch in späteren Tagen sich nimmer daran gefreut, weil er überzeugt war, daß man gewissermaßen an diesem Manne einen Justizmord begangen habe, denn er sei unzurechnungsfähig gewesen in der Stunde der That, in welcher seiner sonst sehr geachteten Existenz der Untergang drohte. Eine Augenzeugin erzählte mir, daß er in dem Turmzimmer, in welchem er gefangen war, tagelang händeringend auf- und abging und keine Speise zu sich nahm. Er hatte sich durch sein Predigertalent viele Anhänger gewonnen und war durch seine, allerdings von ihm geschiedene Frau mit angesehenen Bürgersfamilien verwandt. Man behauptete, der damalige Dekan, der die Untersuchung mitzuführen hatte, habe ihn aus Eifersucht nicht von der mildernden Seite behandelt."

doch etwas wie Rührung durch all die Scherzworte, auch
gegen den Freund, der so treu bemüht war, ihm alles so
leicht und behaglich wie möglich hinzustellen, und der ihm
schließlich ein kurzes Progamm der geplanten Festlichkeiten
gab. Als dabei auch die Enthüllung der Büste angedeutet
werden mußte, sagte Vischer: „Nennen wir dies einfach
‚Saïs‘; also ‚Saïs‘ wann?“

Das Fest war auf zwei Tage verteilt worden; am
28. Juni fand in der Liederhalle ein großes Bankett statt
mit der Übergabe der Büste, am 30., dem Geburtstage,
die studentische Feier.

Der Bankettabend kam, in dem schönen geschmückten
großen Saal war die ganze Vischergemeinde versammelt,
Freunde, Verehrer, Mitbürger, außerdem die Spitzen der
Behörden, der Schulen u. s. w. Zwischen hohen Pflanzen-
gruppen war Vischers Büste noch verhüllt aufgestellt. An
dem für den Jubilar bestimmten Tische saßen auch Sohn und
Schwiegertochter mit den Verwandten. Das Gespräch verstummte, als Vischer eintrat, Musik und Gesang begrüßten
ihn mit einem kurzen jubelnden Willkomm. Er sah bleich
und bewegt aus, wie ich ihn nie gesehen; dies große,
frohe Festgewühl, das ihm galt, es zeigte ihm doch mehr,
als er geahnt, wie er verehrt, geliebt werde, wie sich die
ganze Stadt zusammengethan, ihm das zu sagen. Vischer
trug das Kommenthurkreuz des Friedrichs-Ordens am blauen
Bande, das ihm der König zu dem Jubiläum verliehen.
Nun folgten die Ansprachen, die Reden; nach der Festrede
fiel die Hülle der Büste. Auf jede Rede dankte Vischer

mit herrlichen Worten. Die Festrede Prof. Lemckes, die mit großer Herzenswärme und tiefer Ehrfurcht gesprochen wurde, beantwortete Vischer, ausgehend von dem Satz: wenn man so gefeiert werde, fühle man um so tiefer, wie wenig man geleistet, und empfinde doppelte Verpflichtung für die Zukunft! Wie sehr ihn diese öffentliche Anerkennung nun doch freute und erhob, das ersah man deutlich aus den schönen, aber traurigen Worten, die er dem Freunde Strauß widmete, ihm, der so viel gethan, so viel Verdienst erworben und doch so wenig Anerkennung gefunden habe.

Als der offiziellere Teil der Feier vorüber war, färbten sich seine Wangen; der heitere Ausdruck, der ihm in der Geselligkeit eigen, trat wieder hervor; er lächelte den Freunden zu, stieß freundlich an mit allen, die in seine Nähe kamen, drückte ihnen die Hände und warf ein Scherzwort hin in den Pausen, die Gesänge und Reden in Vers und Prosa dazu übrig ließen. Besonders anheimelnd und zutraulich herzlich war die Ansprache, welche Professor Köstlin im Namen der Tübinger Universität an den alten Freund, Kollegen und Mitarbeiter richtete; (K. hat bekanntlich zu Vischers Ästhetik den auf die Musik bezüglichen Teil bearbeitet) und Vischers Antwort war in dem gleichen Ton gehalten, halb Rührung, halb Humor. Seine improvisierten Dankreden waren überhaupt so schlagfertig, gedankenreich und schön, daß wir alle nur bedauert haben, sie nicht gleich stenographiert zu sehen: sie würden den wertvollsten Beitrag zur Geschichte dieses seltenen Festes bilden. *)

---

*) Einer der sinn- und schwungvollsten Trinksprüche war der des Prof. Weltrich, seines ehemaligen Schülers. Möge er hier folgen:

„Hochgeehrte Anwesende! Verehrter Jubilar! In meinem Hause in München steht ein Trinkgefäß, kunstvoll gearbeitet, der silberglänzende Deckel eines Gebirgssohnes anmutiges Werk — vor Jahren hast du mir's gegeben, und oftmals, wenn des bayrischen Trunks braune Flut in ihm schäumte, hab' ich deiner gedacht und bin in Gedanken zu dir gewandert. So ist's nur Übung guter Gewohnheit, wenn ich heute trinkend mit und von dir rede, und du wirst mich gewähren lassen, wenn ich an deinem Ehrentag einen Trinkspruch auf dich ausbringe öffentlich, in holder Frauen und wackerer Männer erlauchtem Kreis.

Es ist Sitte der Zecher, daß sie mit den Gläsern anstoßen: liebliche Musik dünkt dem Ohr ihr reiner Klang, und gerne nimmt ihn das Herz als Probe und Zeichen harmonischer, unverbrüchlicher Freundschaft. Der Zechersitte laß uns auch heute nachkommen; mich aber laß horchen, welchen Klang du unsern Gläsern entlockst, und laß mich den Sinn der melodischen Schwingungen deuten. Denn nicht in flüchtigen Wellen wie zu gewöhnlicher Stunde entschwinden diesmal die Töne, sondern zu vollen Accorden schwellen sie an und lange zittern die leiser werdenden nach. Zuerst aber vernehme ich einen hellen und hohen Ton, in kräftigem Dur, und stürmische Rhythmen: das ist der Ton des Jubels und der geistigen Lust, welche dein Schaffen in uns erregt hat. Gleich einem Heere von Reisigen ziehen in diesem Augenblick deine Werke an uns vorüber: ein Heer von Gedanken, ein Heer von Gestalten, eine Schar von Brüdern, in der Bildung verwandt und doch wie verschieden! Denn nicht mit Einer Formel ist dein Wesen zu fassen, und noch erstaunlicher als die Fruchtbarkeit deines Geistes

Als wir gegen 2 Uhr nachts den Festsaal verließen, saß der ehrwürdige Jubilar noch wohlgemut auf seinem Platze, mit einer Nudelsuppe beschäftigt und seinen ganzen

---

ist der Reichtum der Gegensätze, welche in dir sich zusammengefunden, die Kraft, mit welcher du ihren Widerstreit gebändigt und dir nutzbar gemacht hast. Von Anfang an hat der Denker mit dem Dichter in dir gerungen, und der Ausgleich war der schwierigste; denn begriffliches Denken und künstlerisches Gestalten sind an sich einander abgeneigt, und welche Gewalt der philosophische Wille in dir hatte, das zeigt der Riesengedankenbau deines wissenschaftlichen Systems. Und dennoch, es ist nicht anders, du hast das Außerordentliche vollbracht, hast den Denker mit dem Dichter zusammengeschmiedet, hast deiner Natur zweitem Grundtrieb die Bahn frei gemacht. Und noch in anderer Richtung sehen wir Widerstreit und Ausgleich der Kräfte. Du hast das Auge für die Schönheit der Antike, für den Adel der Form, die Sonne Homers hat dir ins Herz geleuchtet, italienische Kunst und italienische Landschaft haben dich beglückt und gesättigt. Aber deiner Seele Heimat ist doch nordische Welt, Shakespeares Welt, Shakespeares und Jean Pauls und Goethes, des Faustschöpfers, tiefgründiges Reich; der germanische Genius, der gesund-harte, herb-realistische, verlangte dich zu eigen. Germanisches Erbteil ist dein Humor, und deutsch ist deine von ethischem Zorn sprühende Satire, dein Hutten-Zorn, deutsch die Art des Gemüts in Strenge und Milde, deutsch der energische Geist der Freiheit, der in allen deinen Schriften weht. Zu einem höchst eigenartigen und herrlichen Ganzen hast du solche Vielheit der Kräfte gefügt, und darum ergreift uns stürmische geistige Lust, und diese Lust hat klingenden Ausdruck begehrt, hat Klangsymbolik gefunden.

Aber ich höre noch andere Töne, nachhallende, weichere Melodien, sanftere Rhythmen. Das sind die Töne sehnsüchtigen Wunsches. Dich krönt das Vaterland mit heißem Dank,

Tisch durch Witzworte erheiternd. Man sah ihm nichts von Ermüdung an.

Der folgende Tag war ein Ausruhetag: am 30. aber gestaltete sich die Feier zu einer Art Volksfest. Viele Häuser der Stadt waren beflaggt, in der Keplerstraße, Vischers Haus gegenüber, sah man bekränzte, mit Inschrif= ten geschmückte Balkone; die Hausgenossen endlich hatten das ganze Gebäude, in dem er wohnte, außen und innen in einen Blumengarten verwandelt. Ricke erzählte mir, sie hab's gar nicht recht erwarten können, bis der Herr Professor aufstehe; zuletzt, beim Ankleiden, hat er so ein bischen zwischen den Vorhängen durchgeschaut und gefragt, was sich denn da Rotes und Buntes vor dem Fenster hin= und herbewege. Da hab' sie nicht mehr an sich hal= ten können, sondern aus Leibeskräften gerufen: „Das sind lauter Fahnen und Flaggen, und draußen hängen lauter Kränze, und unser Haus ist von unten bis oben mit Grün und Blumen dekoriert." Da hab' er verwun= dert gesagt: „Ja, was wollen denn die Leut', ich bin doch kein König?!" Danach ist die feierliche Auffahrt der Studenten vor sich gegangen, die erst in offenen Wagen und zu Pferd durch die Stadt und dann mit großem Jubel vor Vischers Haus gezogen sind, und dann ist die Deputation zu ihm hereingekommen, um ihm die Glück-

---

mit Fülle der Ehren; dir ist zum Mann erwachsen der Sohn, der geistverwandte; dich umspielt ein liebliches Enkelkind. So bleibt der Wunsch übrig: Möge dein Auge noch lange die Sonne schauen! Möge ohne Wandel blühen und gedeihen dein Haus!"

wünsche der Kommilitonen zu bringen. Und der Freund,
der dabei gewesen, sagt, es sei ein herzerquickender, aber
auch ergreifender Anblick gewesen in dem engen, stillen
Gelehrtenzimmer, wie der Achtzigjährige mit Freude in
den Augen inmitten all der frischen, ehrerbietigen Jugend
gestanden und ihnen Champagner kredenzt und mit ihnen
auf die Wissenschaft und das Vaterland angestoßen habe.
Und rührend sei's auch gewesen, wie der Xanthos all die
Leute angebellt und angstvoll seinen Herrn umsprungen
habe, denn da so viele auf einmal hereingekommen, habe
er das für einen Überfall angesehen und den Herrn ver=
teidigen wollen, bis er endlich inne geworden, daß alles
Freundschaft und Freude sei. — Und am Nachmittag war
Festkommers auf der Silberburg, in dem reich mit Fahnen
und Kränzen geschmückten Garten, und wer sonst kommen
wollte, war auch geladen, so daß sich um die festlich ge=
deckten Tische das heiterste Leben bewegte. Und dann
kam Vischer, feierlich eingeholt und herumgeführt, und saß
zwischen den jungen Studenten, und die Sonne schien
milde, und schonend ging der Wind, so daß es ihm wohl
sein konnte unter den grünen Bäumen. Schöne Worte
wurden gesprochen, Dankesworte von jungen Lippen, die
von ihm reden gelernt, Worte des Bedauerns von den
Tübingern, daß sie ihn n i c h t hätten, Worte des Stolzes
von den Stuttgartern, daß sie ihn hätten! Als Vischer
nun sagte, er habe einmal geschwankt zwischen München
und Stuttgart, er habe sich dann fürs Bleiben entschieden
und „ich hab' es nicht bereut", da brach ein stürmi=

scher Beifall los. Hübsch war es auch, als Vischers Freund,
ein Cerevis auf dem grauen Haar, auf die Jugend trank.
Das kleine Enkelkind, das Lorle, kam dann und wann
gelaufen, drängte sich an den Großvater, legte ihm die
Ärmchen um den Hals. Vischer war heiter, strahlend.
Es war wie ein großes Familienfest: Leute, die einander
nur vom Sehen kannten, redeten sich an, sprachen ihre Freude,
ihre Rührung aus, fremde Gesichter lächelten sich zu, es
gab kein Fremdsein, alle fühlten sich verbunden durch die
gemeinsame Verehrung. Es war ein unvergleichliches Fest,
würdig dessen, den es verherrlichen sollte. Wer es erlebt
hat, wird es nie vergessen. Kein Mißklang, kein Übermut,
kein Ausschlagen. Jugend und Alter, Männer und Frauen
in schönem Verständnis beisammen, bis es Nacht ward.
— Und am andern Tag war wieder Kolleg, und so noch
bis zum Ende des Juli, wie alle Jahre. Freilich gab
es viel Arbeit daneben, die Briefe, Verse, Telegramme,
Sendungen aller Art waren ja zu Bergen angehäuft,
ganz Deutschland hatte ja zum Feste gratuliert! Schon
das Öffnen all der Briefschaften nahm viele Stunden,
und Vischer war so gewissenhaft, ließ sich nicht einmal
dabei von den Kindern helfen; er müsse es doch selbst
thun, weil's ihm zugedacht sei, um ihn zu erfreuen, meinte
er. Kein Wunder, daß er da bisweilen über Müdigkeit
klagte. „Arg müd', arg müd'." Es schnitt mir in die
Seele, wenn ich es hörte. „All' die Leute, die mir ge=
schrieben, gucken mir jetzt über die Schulter und wollen
Antwort haben," sagte er.

Am 11. Juli hatten wir noch einmal das Glück, ihn mit den Verwandten, der Schwiegertochter und dem Lorle einige schöne Nachmittagsstunden bei uns zu sehen. Vischer hatte ein paar Tage zuvor die Vorlesung absagen müssen, sein Magenkatarrh quälte ihn, „ich befürchtete eine Explosion auf dem Katheder," sagte er. Jetzt war er wieder frisch und hatte den über eine halbe Stunde weiten Weg in großer Hitze zu Fuß gemacht. Er fuhr ungern, weil ihn die Pferde, besonders der Trambahn, so dauerten; auch fürchtete er sich vor Zugluft im Wagen. Er scherzte aufs heiterste mit der Schwiegertochter, die er herzlich liebte, und von deren seltener Schönheit und Anmut wir schon viel reden gehört hatten. Sie las uns ein schönes Gedicht von Isolde Kurz an den „Papa Vischer" vor; Vischer lobte es sehr, erinnerte auch wieder an das Gedicht „Weltgericht", das sie vor nicht zu langer Zeit veröffentlicht und an dem er nicht geringen Anteil nahm. „Nicht wahr," sagte er, „es ist furchtbar gepfeffert, pessimistisch-misanthropisch, aber höchst geistreich!" Ich zeigte einige von Scheffel in Italien gezeichnete Landschaften, die Vischer sehr gefielen; er fand sie ganz künstlerisch und sagte: „der hat an Preller und Rottmann studiert, das merkt man wohl." — Unsere liebenswürdige Hausfrau hatte uns eine Flasche vorzüglichen selbstbereiteten Stachelbeerweins heraufgeschickt, dem hohen Gast zu Ehren. Vischer freute sich über die nette Aufmerksamkeit und sagte: „Erzählen Sie, ich hätte die ganze Flasche bis auf den letzten Tropfen allein ausgetrunken und sei völlig benebelt davongegangen."

Früher als gewöhnlich, um 7 Uhr schon brach Vischer auf. „Ich trenne mich schwer und ungern," sagte er freund= lich, „aber ich glaube, es ist mir entschieden nötig, mich im Wasser zu erfrischen; ich gehe ins Bad nach Berg. Sie haben hier gar nicht weit zu den Badquellen und zum Neckar, das ist Ihnen sicher wichtig für den Sommer, Sie müssen nur morgens recht früh hingehen, wenn das Wasser noch frisch ist, das wird ihnen gut bekommen."

Wir begleiteten die kleine Gesellschaft den anmutigen grünen Wiesenweg entlang; Einjährige ritten vorbei und grüßten ehrerbietig. „Schüler von mir," sagte Vischer. Dann erzählte er uns, wie gern er immer geritten sei, zum Beispiel zu seinem Bruder, über die Alb von Ulm, einen Weg von sieben Stunden im raschen Trabe und an demselben Tage wieder zurück. — Das kalte Bad war ihm gut bekommen, denn am nächsten Tag stand er wieder auf dem Katheder. Wie wir hörten, hatte er den Rück= weg von Berg, abends, eine gute Stunde, abermals zu Fuß gemacht.

Am 28. Juli waren wir noch einmal mit ihm bei Vischers zusammen, und meine gerade bei uns anwesende Mutter hatte die Freude, ihn zum ersten= und leider auch letztenmale zu sehen. Er blieb aber nur kurze Zeit, denn am nächsten, spätestens am übernächsten Tage wollte er reisen. Zunächst nach Mießbach. Unser junges Hündchen, das ihm gleich ganz respektlos ins Gesicht sprang, machte

ihm viel Spaß. „Das ist nun lauter Übermut," sagte
er, das runde, rauhe Köpfchen betrachtend. Er erzählte
noch ein paar lustige Tiergeschichten. Dann mußte er
fort. Wir standen alle auf, geleiteten ihn bis zur Thür,
wünschten ihm Lebewohl und Erholung. „Ich kann sie
brauchen," sagte er, „ich bin arg müd." Es lag eine
Beklemmung auf allen. „Nun," sagte zuletzt die Schwä=
gerin, „du bist ja allemal der Vogel Phönix, der verjüngt
wiederkehrt." Er lächelte und ging. Ich sagte noch: „Ach,
jetzt ist es so lange, bis wir ihn wiedersehen." Und die
Frau Pfarrer: „Ach ja, arg lang, und es verlangt mich
recht, die Zeit wäre schon vorüber." Wir blieben doch
alle in Thränen zurück, als sich die Thür hinter ihm schloß.
Wir mochten ihn nicht beim Einpacken stören, besuchten ihn
deshalb nicht mehr. So haben wir ihn denn an jenem Nach=
mittage zum letztenmale sehen dürfen. — Briefe von unter=
wegs schrieb er fast niemals. Durch die Schwiegertochter,
die mit ihm war, kam Nachricht, daß er sich in Miesbach
recht erholt habe, mit gutem Appetit esse, was ja lange
nicht der Fall gewesen, Verse mache, sehr heiter sei, mit
der Enkelin spiele und mit dem größten Interesse auf der
Karte und nach den Briefen die Wege seines Sohnes ver=
folge, der nur vierzehn Tage mit in Miesbach geblieben
war, nun aber eine Fußreise über die Alpen nach Italien
unternommen hatte und zwar durch Gegenden, die Bischer
selbst bereist hatte.

So vergingen vier Wochen; dann wollten sie über

Gmunden, wo sie sich kurz aufzuhalten gedachten, nach Venedig.

Das war das letzte, was wir gehört hatten; wir hatten keine Zeitung gelesen, worin die Nachricht von einer plötzlichen Erkrankung stand.

Am 15. September gingen wir in einen Garten zum Mittagessen. Da bringt uns der Kellner auf einem Teller eine offene Karte; meine Freundin fängt laut an zu lesen, bricht plötzlich ab und fällt in den Stuhl zurück. Da wußte ich alles. Auf der Karte stand:

„Im Auftrage meiner Tante, beziehungsweise der Frau Pfarrer Vischer, soll ich Ihnen die Mitteilung machen, daß Herr Professor Vischer heute Nacht in Gmunden ge= storben sei.“ — — — — — — — — —

— — — — — — — — —

Als wir den Gebrauch unserer Glieder wieder erlangt hatten, gingen wir zu den Verwandten. Es war Jammer überall, er war in jedem Hause gestorben.

Von seinen letzten Tagen erfuhren wir erst später, als die verwaisten Kinder aus Gmunden heimkehrten; die junge Frau, die ihn wie eine Tochter gepflegt, erzählte uns: „Der Vater war gesund bis zum letzten Tage in Miesbach. An diesem unglückseligen Tage konnten wir nicht wie gewöhnlich kochen, weil schon alles eingepackt war. Wir aßen kalte Speisen, der Vater aber ging in ein Wirtshaus, in dem es ihm gut gefiel, etwas Warmes essen. Dort hat er ein Gericht bekommen mit Pilzen, das zu schwer für ihn war. Wäre ich mit ihm gegangen!

Aber Sie wissen doch, daß man solche Sachen nicht wohl thun durfte, wenn er nicht wollte! Schon sobald er zurückkam, war ihm übel, und ich habe gesagt: ‚Papa, jetzt reisen wir aber nicht.‘ Da ist er zum ersten und einzigenmal heftig gegen mich geworden und hat gesagt: ‚Wenn ich einmal gepackt habe, so packe ich nicht wieder aus. Die Koffer sind auf dem Bahnhof, also reisen wir.‘ Und auf der Reise ist er dann fast auf jeder Station ausgestiegen, so schlecht war es ihm, aber dazwischen hat er Witz auf Witz gemacht und keine besorgte Miene auf= kommen lassen. Und als er sehr erschöpft und zitternd in Gmunden angekommen, hat er zu den Bekannten, die uns erwarteten, lachend gesagt: ‚Ich komme leider als „Kotze= bue“ und muß sehr um Entschuldigung bitten.‘ Wir haben aber doch gleich den Arzt rufen lassen, der hat ihm Kirschlorbeertropfen gegeben, darnach hat das Übelbefinden gleich aufgehört. Und dann, nach zwei Tagen, hat er sich ganz erholt. Er ist wieder mit uns spazieren gegangen, hat das Kind gern um sich gehabt, hat auch gegessen, aber nur ungern, ohne Appetit. Dabei ist er seltsam weich ge= wesen. Sein Zimmer ging auf den See hinaus; da hat er immer die Thür geöffnet, was er ja sonst nie leiden konnte, hat auf dem Balkon gestanden und den Schwänen auf dem grünen Wasser zugesehen, stundenlang. Und dann hat er immer das Rauschen des Sees so gern hören wollen und gesagt, das thue ihm so wohl. So gut ist es ihm gegangen, daß er jeden Abend einen Kreis von zehn bis zwölf Leuten um sich gehabt hat, denen er lustige Ge=

schichten erzählte. Dazwischen hat er aber Anfälle von großer Mattigkeit und Schlafsucht gehabt. Der Arzt hat gesagt, das seien noch die Folgen jenes Mißgriffs im Essen. Am Sonntagabend bin ich noch ganz spät in sein Zimmer gekommen (er hat nie zu Bett gehen wollen, sondern immer bis zwölf Uhr nachts erzählt), da hat er auf dem Sofa gesessen und schwer geatmet. Das hat mich erschreckt. Ich habe noch den Arzt rufen lassen. Der hat dann zu mir gesagt, es sei plötzlich eine Verminderung der Herzthätig= keit eingetreten, die er selbst nicht begreifen könne, außer durch einen Verfall der Kräfte. Zu Tode erschrocken habe ich meinem Mann geschrieben, aber ich wußte nicht wohin, er war ja auf der Wanderung.

Montag und Dienstag hat der Vater auf dem Sofa gelegen, meistens geschlafen, über nichts geklagt. Dienstag ist ein Brief von meinem Mann gekommen (keine Ant= wort natürlich), er schalt darin auf die Spitzbübereien der Italiener. Dazu hat der Vater gelacht und gesagt: „Ja, ja, das kenne ich, das hält mich nicht ab, nach Venedig zu gehen.' Das war einen Tag vor seinem Ende. — Er hat sich nichts von mir thun lassen wollen, er war so schamhaft; das müsse ein Mann thun, hat er gesagt. Mein Vater hat ihm dann in allem geholfen. Ich habe nach allen Richtungen hin an meinen Mann Briefe und Telegramme geschickt und so furchtbar ängstlich auf ihn gewartet. Schon am Dienstag hat der Arzt gesagt: ‚Alle Stunde muß man ihn wecken und ihm Wein geben, sonst schläft er ein und erwacht nicht wieder, und der Sohn muß ihn tot finden.'

Ach, das war eine Qual. Er hat den Wein nur selten wollen: ‚Wenn ihr mir immer den Wein gebt, kriege ich einen Rückfall,' hat er gesagt; manchmal hat er meine Hand einfach beiseite geschoben. Im Anfang hat er gesagt: ‚Ich bin doch froh, daß ich bei euch bin.' Später hat er oft allein sein wollen. Die Mittwochnacht und der Tag, bis mein Mann kam, das war entsetzlich! Ich saß auf einem Koffer hinter seinem Bett, um ihn nicht zu stören und doch da zu sein, und horchte auf seinen schwachen Atem und hörte immer mein Herz klopfen und wußte, sein Leben geht zu Ende, und der Sohn ist immer noch nicht da!

An dem Mittwochmorgen, als ich ihm den Wein geben wollte und er ihn nicht mehr mochte, habe ich in Verzweiflung gesagt: ‚Vater, Robert kommt'. Da hat er mich groß angesehen und gesagt: ‚So, so, das freut mich!' Und dann habe ich gesehen, wie er gekämpft hat, um nicht wieder einzuschlafen. Es muß ihm so schwer geworden sein. Und endlich, endlich ist mein Mann ins Zimmer gekommen (er war dreiundsechzig Stunden gereist in der Angst und Spannung), und wie er den Vater gesehen hat in der großen Veränderung, da ist er in lautem Jammer zusammengebrochen. Da hat der Vater sich aufgerichtet und ihm ganz leise gesagt: ‚Sei ein Mann.' Dann hat er einmal die Hand auf die Brust gelegt mit einem Gesicht, als schmerze sie ihn sehr. ‚Thut es dir weh?' hab ich gefragt. Da hat er gesagt: ‚Es muß er-

tragen werden.' Und immer hat er unsere Hände ge=
drückt, ganz kurz und schwach und immer schwächer geatmet. Und dann hat er noch ein Wort gesagt, das haben
wir nicht verstanden; erst nachher ist es uns eingefallen,
,das Kind!' Er hat die Kleine noch einmal sehen wollen.
Wir hatten sie an dem Tage fortgeschickt, weil sie doch
Lärm machte. Und in der Verwirrung ist sie nicht geholt
worden, und sein letzter Wunsch ist unerfüllt geblieben.
Und dann hat er ausgeatmet, fast ohne daß wir genau
gewußt haben wann. Und furchtbar ernsthaft ist er da=
gelegen."

Furchtbar ernsthaft. Wir sahen das wunderschöne
Totenbild Vischers und verstanden wohl was sie meinte.
Es ist etwas Seltsames um die Majestät des Todes. Ich
habe schon manchen so daliegen sehen, ein stilles, feierliches
Rätsel, und immer hat es mich so tief gerührt, daß es
doch schön sei, daß man einmal so ganz ruhen dürfe.
Hier mehr als je. Die Stirn, die schon im Leben so
hoch war, hier scheint sie doppelt klar und weit geworden,
und sein Gesicht sieht aus, als wisse es unendlich viel zu
sagen, von dem wir keine Ahnung haben.

Die junge Frau sagte noch: „Mir war der Tod
immer ein Fremdes, Schauerliches; jetzt, seit ich den ge=
liebten Vater habe sterben sehen, hat er alle Schrecken für
mich verloren."

Ja, an solch einem Sterbelager stehen dürfen, das
lehrt leben, lehrt sterben. —

Wir fanden keinen Trost, wollten auch keinen. Der

Schmerz ist auch ein hohes Gut, wenn man recht versteht.
— Nach Wochen kam ein alter Weingärtner, der uns oft
Trauben brachte, zu uns ins Haus. Er sah mich so
menschlich verständnisvoll an und sagte: „Sie haben
Schweres erlebt. Sie sind nimmer wie sonst." Ich sagte
ihm: Unser bester Freund, zwar hochbetagt, aber noch voll
Kraft und der Stolz und die Freude seines Schwaben=
landes sei gestorben. Er hörte sehr aufmerksam zu, drückte
mir treuherzig die Hand und sagte: „Sie müssen die
Trauer in Geduld annehmen, bis sie einmal wieder über=
wunden ist; — Ärger, Unangenehmes, das ist schlimmer;
da wünscht man wohl, man wär' nimmer da." Die ein=
fachen Worte thaten mir wohl in ihrer Wahrheit. — Aber
— er kommt nicht wieder und die Trauer bleibt. Frei=
lich, ich weiß ja wohl, er ist nicht gestorben, die Geister
seines Schlages sterben nicht; er ist auch schon viel früher
dagewesen, viel früher als vor achtzig Jahren geboren
worden. Ein Stück von ihm war in Fischart, ein Stück
von ihm, ein mächtiges, in Luther, in Hutten; ich finde
ihn überall, in alten und neuen Geschichten, nicht ganz,
aber in einzelnen wichtigen Zügen. In jedem großen
Charakter, in jedem phantasiebeflügelten Humoristen, in
Aristophanes und Shakespeare und wieder im klaren Lessing
haben Bestandteile von ihm geschwebt, aus denen sich dieser
große und ganze Mensch zusammengefügt hat. So baut
sich ja auch unser Leib aus den längst und immer da=
gewesenen, freigewordenen und wieder zusammenschießen=
den Metallen und Salzen auf, und keine Bildung ist ganz

gleich der andern, kein Mensch gleicht ganz dem andern. Welch eine unermeßliche Beruhigung, daß auch die geistigen Elemente unvergänglich sind, wie jene! Es war alles vorher schon einmal, also wird es auch nachher sein. Glück= lich, wer wie ich, die Zusammenfassung so vieler großer Elemente in eine Menschenform, wer solch eine mächtige Inkarnation des schwebenden Geistes, wie die Vischers, hat miterleben dürfen! Sie ist eins jener großartigen Schau= spiele, das die Natur nur alle hundert Jahre einmal giebt, und zu dem sie sich ein gewähltes Publikum einladet; die nämlich, denen sie genug von dem gleichen Stoffe ein= geimpft, um ihren Liebling verstehen, bewundern, lieben zu können!

> „Was kann der Mensch im Leben mehr gewinnen,
> Als daß sich Gott=Natur ihm offenbare,
> Wie sie das Feste läßt zu Geist verrinnen,
> Wie sie das Geisterzeugte fest bewahre.

Vischer-Erinnerungen

Äußerungen und Worte

Ein Beitrag
zur Biographie Fr. Th. Vischers

von

Ilse Frapan

Stuttgart
G. J. Göschensche Verlagshandlung
1889